U0027906

S P R I N G

每一本好書都是一顆種子，
春天播種在你的心田夢土上。

Spring

S P R I N G

每一本好書都是一顆種子，
春天播種在你的心田夢土上。

Spring

S P R I N G

每一本好書都是一顆種子，
春天播種在你的心田夢土上。

S P R I N G

每一本好書都是一顆種子，
春天播種在你的心田夢土上。

Spring

在甘比亞釣水鬼的男人

九把刀——著

Fishing
for Monsters Squatting
the Gambian Rivers

自序

冰箱裡的蛋

用一篇三千字的短文當作序，會不會太誇張？幸好是很早以前就寫好放著了的。

國小的自然課大概是所有學習課程裡最讓人印象深刻的吧，每次上課，大家都要從家裡帶來各式各樣的材料，有時事先分配好，有時每個人都要帶才公平。

有一次二年級時每個人都要帶溫度計去量水溫，然後記錄在自然習作裡。老師還在講解的時候，水就在酒精燈上滾開來，我傻呼呼地放了一根溫度計上去，眼睜睜看著溫度計上的紅線以勃起的速度飆上去，瞬間就爆了開來，沸水般紅了一片。

跟我同組的小朋友紛紛大吼大叫，老師趕緊叫大家閉氣，然後衝出去將水潑掉，因為溫度計裡的水銀有毒，聞了大概會覺得很幹。當時年僅九歲的我差點當了恐怖份子，幸好爸爸並沒有因為爆了根溫度計毒打我。（那老師並不知道，紅色的液體是染色的酒精，而不是水銀！）

大概也是差不多的年紀，每個人都要帶一種水果去自然課上介紹。我愛吃鳳梨，每次媽媽一開鳳梨罐頭我就拿著碗巴著要幾片，酸酸甜甜的堪稱童年五大美食之一（另外四個則是麥香紅茶、思樂冰、仙草蜜、薑汁豆花），於是媽媽就削了一顆光溜溜的大鳳梨，用一個塑膠袋給我裝著。

到了學校，我才知道老師帶了果汁機去，每介紹完一種水果就會將它爆漿成汁，分給那一組的小朋友喝。我這一組的同學看我帶了一整顆鳳梨就先傻眼了，老師也不願意拿刀將它砍成碎塊，因為實在是太麻煩了。

「二十六號，你怎麼不先在家裡切好？」

「我媽叫我帶整顆的。」

「你們那組沒有鳳梨汁可以喝了。」

同組的小朋友開始用憤怒的眼光看我，老師也數落了我幾句笨蛋之類的話就將其他的水果攪了起來（喂！我怎麼知道妳要帶果汁機來啊！）。

於是我就很幸福地插了根吸管在鳳梨旁，一個人獨享著塑膠袋裡溢出的鳳梨汁。喝著喝著，還沒下課肚子就疼了起來，但我還是奮不顧身地繼續狂飲，一直喝到臉色蒼白全身盜汗整個人都僵在桌子旁——不，是喝到整顆鳳梨已經乾巴巴的為止，我才被爸爸扛回家。由此可見鳳梨即使再好吃，一口氣嗑太多好像也不太妙，張無忌他娘死前跟他說的那段話，想來真是頗有道理。

以上兩件事都是廢話，跟內文無關。我一直在想一個人不斷說著廢話會不會不知不覺就跟內文產生關係，結果是沒有的。切記！切記！

忘了是三年級還是四年級上自然課，炎熱的夏天，每個人都要帶一顆蛋到學校去，要觀察蛋裡的胚胎、蛋黃、蛋白，然後畫在習作裡記錄。於是我媽就從「冰箱」裡拿了一顆蛋給我帶著。

到了學校，同組瘋狂的小朋友都搶著將蛋打進碗裡，我這種與世無爭的個性當然就輪不到，何況我根本就覺得打蛋真是件難纏的事啊。於是我的蛋就這麼好端端的放在抽屜裡，一放就是兩個多禮拜，上課時我無聊就會把蛋放在手裡把玩。

隔壁同桌的郭欣儀個子小小的，很愛管閒事，虧我當時還蠻喜歡她。那是一個不叫對方名字，而叫同學座號的大家樂年代。

「二十六號，你幹嘛把蛋放在抽屜裡？」

「我要等它孵出小雞啊。」

「老師說，超級市場買的蛋根本不會生出小雞。」

「這顆蛋不是從超級市場拿來的，是從冰箱裡拿下來的。」

「二十六號，我要去報告老師。」

「隨便。」

老師聽了郭欣儀的話，也沒來打擾我跟那顆蛋。老師總有其他比較正

經的事要做。

於是那顆蛋就繼續放著，直到有一天，我拿起蛋的時候，感覺到蛋殼裡似乎有個尖尖的東西從裡邊敲著，咚咚咚，咚咚咚。因為我不是抱著好玩的心態養著蛋，而是真誠地在期待這一天的來臨，所以我沒有驚訝，只是非常高興。

我拿起蛋，在耳邊靜靜聆聽，果然斷斷續續傳來細小的敲擊聲，還有輕微的震動感。百分之百，是小雞要出生了。

從此我連回家也帶著那顆蛋，生怕錯過了奇蹟。還在蛋殼上畫了一張臉，因為無聊。

到了隔週的星期六（那時的禮拜六還是得上課的教育界黑暗時期），只上半天課，中午我跟幾個同學在學校對面等家人來接，我又將蛋拿給大家聽，宣稱有隻小雞即將從這顆冰箱裡拿出的蛋破殼而出。

不曉得是不是車水馬龍太吵，還是小雞累了在休息，大家都說沒聽見，還落井下石哈哈大笑說冰箱裡的蛋早就凍死了，有個成績很好的同學還有條有理地舉出什麼叫受精蛋什麼不是，不是的那種蛋理所當然就生不出小雞，弄得我咬牙切齒無法反駁。

不久爸爸騎著名流一百來接我，我二話不說先拿著蛋要我爸聽聽，結果我爸也說沒有，我於是更悶。

那時每星期六台視下午都會播出中國民間故事，我是忠實觀眾，最期待輪到鬼故事，每次都會從冰箱裡摸出三色冰或金手指邊啃邊看節目。

那個炎熱的下午，那顆蛋就一直擺在我旁邊，沒有動靜，依舊只有我聽得見那薄薄殼裡的、細碎的掙扎聲，但聲音已經非常的微弱，微弱到連我自己都開始懷疑，那是不是一種幻覺？

看了我假日抱著蛋上下學的娘終於忍不住了，走過來苦口婆心地勸我。

「田田，媽媽把這顆蛋丟掉好不好？」

「不好。」

「如果放太久，蛋臭掉的話會非常的難聞，聞了會生病！」

「可是妳自己聽啊！裡面的小雞就要孵出來了！要不然妳幫我輕輕敲開它，看看裡面是不是有小雞？」

「田田，打開的話會很臭很臭！」

母子交涉了好一會兒，我終於屈服。因為最應該打開蛋看看的事主是我，可我卻沒種。

沒種聞到臭氣，也沒種看見全身溼淋淋僵死的小雞，更沒有種看見什麼都沒有。

就這樣，我哭喪著臉看著媽媽憂心忡忡地將白色、畫了張鬼臉的蛋，輕輕放進了垃圾桶。那天中國民間故事在演什麼，我當然忘了。只記得我縮在大理石舊椅子上，難受得無法掉下眼淚。

明明，就聽見了牠努力想看看這世界的聲音啊。

到了國中一年級，我又想起了這件事。

於是我跟張惟勝掃地時間偷偷翻牆到校外，偷了附近人家養的雞剛下的兩顆褐色的蛋，一人一顆，又都養在抽屜裡，還撕了一大堆碎紙將蛋給蓋住保暖。但隔天我們又翻牆出去，將蛋還給了母雞。因為有三八的女同學威脅要報告老師，告我們偷蛋，幹，人真是越大隻越怕事了。

那年夏天的蛋一直是我生命裡最難解的謎。

每個階段我都有暗戀的女生，等到大家的年紀都長了，我就會好奇地問問對方，當時是不是也喜歡著我、如果當時我追妳有多少勝算等等，答案有悲有喜，卻終究如釋重負。

但我永遠都不會知道，那顆蛋裡究竟有無藏著一隻溼濡好奇的小雞。

或許牠曾經很努力。

帶著一身從冰箱裡凍壞的體質，可是很努力。

即使是最後掙扎失敗，默默僵死在小小的蛋殼裡，牠也想讓我打開蛋殼，看看牠努力過的奇蹟吧？

可是我沒種。

於是留下了童年最遺憾的一串刪節號。

後來上了高中，我帶了好幾本日本插畫家阿保美代的小畫冊到班上去，幾個好友輪著看。阿保美代的插畫故事充滿了童趣，有奇遇、有森林、有精靈、有殘缺的愛情、有酸酸的兄妹情誼，充滿了那年紀我無法承受的淡淡愁緒。就是那一類的書。

好友婷玉看完了畫冊，曾經聽我說過那顆蛋的故事的她跟我說，說不定那顆蛋裡孵的不是小雞，而是精靈。

「精靈？」

「嗯，不是每個人都聽得見精靈的聲音。」

我一直記住婷玉的話。

於是童年的謎團又多了一層神祕的色彩。

幻覺，努力的小雞，或是精靈。

但我真正曾經觸碰過的，只有怯懦的，自己的手。

永遠不會知道的事，就永遠不會知道。

我現在算不算長大了，不是我自己說了算。又或者長不長大也不是那麼重要，有時候幼稚比長大要來得有用。無知就是力量。

身邊的人常常覺得作家這兩個字意味著縮衣節食、收入不穩定、連人手一張的信用卡可能都申請不過。所以毛毛狗過去會在朋友面前幫我謙稱「唉，前途黯淡」；老爸總是叫我念博士謀教職，說一邊教書一邊寫作既穩定又高尚，也舉了幾個學者作家的真實案例，又說如果不想念博士就是考高考，以後要找工作也比較穩當。

可那不是我的蛋。

我是很無知的，太複雜的東西我會假裝聽不懂。

說到這裡，大家也看出那顆蛋終於帶給我人生「小故事大道理」了。

我不能用老學究的語氣不負責任地說，每個人在生命中都有屬於自己那顆神祕的蛋，有勇氣的人就能敲開蛋殼知道答案。但我確信自己是有的。

如果我自己都不信，那就永遠都不會有。

所以又回到了我總是期許自己的那幾行字：

> 這世界上或許真有無論怎麼努力也達不到的夢想，
> 但若一百倍的努力，
> 可以讓我以一個呼吸的距離靠近它，觸摸它，
> 那麼我就會去做。
> 最後被自己感動得亂七八糟。

這次我要用手指撬開眼睛，好好看個清楚。

0 **Fishing**
1 **for Monsters Squatting**
7 **the Gambian Rivers**

Index

006 自序
020 第一章—大雨中的非洲空氣
026 第二章—落腳
034 第三章—部落戰爭
044 第四章—醍醐灌頂
054 第五章—一場糊塗的奶量
066 第六章—葬髮儀式
076 第七章—在雨季祈雨的神祕老頭
088 第八章—香吉士
098 第九章—懶惰到了頂點的技藝
108 第十章—甘比亞的水蛭一吸

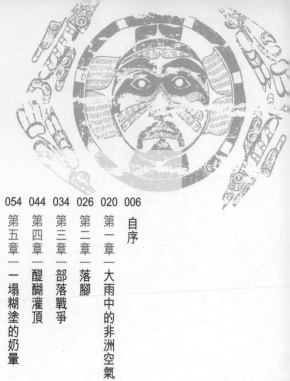

在甘比亞釣水鬼的男人

118 第十一章—釣水鬼
128 第十二章—跟死日本胖子比武
138 第十三章—割包皮的高手
150 第十四章—喀嚓！
166 第十五章—坐地起價的婚禮
180 第十六章—吃掉爸爸
190 第十七章—釣隻水鬼吧！Jim！
204 第十八章—再見了，乾妹妹！
214 終章—G大的浪漫

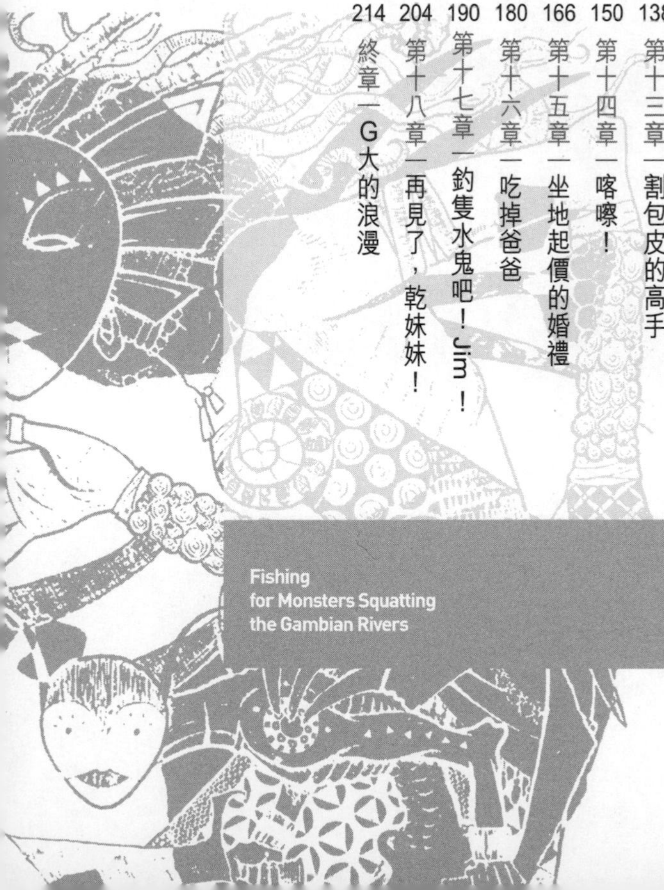

Fishing
for Monsters Squatting
the Gambian Rivers

01

大雨中的非洲空氣

Fishing
for Monsters Squatting
the Gambian Rivers

第四十六天了，實在很糟糕的感覺。
早知道下雨後泥地上躺滿了浮腫脹大的蚯蚓，
我一定不會堅持這趟旅行只穿襪子。
尤其這裡見鬼的天天下雨！

By 薩伊德里．歐卡
（第一個堅持只穿襪子不穿鞋的非洲足行者，1934~2001）

在甘比亞釣水鬼的男人

從台灣到西雅圖轉機後，還得熬上十八個小時。

歷經了三部電影、兩次半睡不醒的爛覺、空姐不漂亮的折磨後，下飛機時還有點恍惚自己的決定是否正確。

在滂沱大雨中，簡陋的機場讓我慶幸自己居然能夠平安著地，然而似是而非的英語不斷從四面八方灌進我的腦子裡，像小說《語言》裡描述的符號秩序崩潰的世界那樣，慢慢摧毀我的邏輯，而我很明白一切才剛剛開始……我要在這裡待上九天，正好跟我的幸運號碼一樣。

甘比亞雖然是個在現代化過程中尚屬落後的非洲小國，但審核起簽證與護照可是一點都不馬虎，荷槍實彈，不，應該說是全副武裝的軍人，在機場十步一位，個個虎視眈眈眼若銅鈴，戒備之森嚴連抱著輕鬆心情來此一遊的老師跟我都感到濃重的肅殺之氣。

在飛機上看了甘比亞的簡介，機場長年處於絕對戒嚴的狀態，因為甘比亞經常發生零星的部落戰爭，一個處理不好現任政權遭到威脅，偉大的總統兼軍閥先生可能要搭機出國散心一番，所以機場要受到最嚴密保護，萬一跑道被炸歪掉，不免影響了政府要員出國逃難的黃金時間。

「這裡似乎沒有免稅商品好買？」我東張西望，打了個呵欠。

「九把刀，我們可不是死觀光客。」老師坐在超大的行李上，翹起腿。

我點點頭，不能同意更多。

尚在入境室中就可以感覺到甘比亞的空氣特別溼熱，午後常常有歷時兩個多小時的傾盆大雨，然後在瞬間消失，當地人早已見怪不怪。

「阿拓在這裡，如果沒帶雨傘的話可就慘了。」我想，然後我自己也沒帶傘。

多虧甘比亞是台灣少數的幾個邦交國之一，半小時後我們就順利出關，老師的菸癮犯了，惡狠狠地瞪著身邊的武裝軍人，恨不得立刻走出機場。

此時胖胖的傑米森笑容可掬地過來，手上拎著一把超級大傘。那把大傘下可以站五個人都不成問題。

傑米森後面還跟著兩個高高瘦瘦的黑人僕役，過來接機搬行李。

在甘比亞釣水鬼的男人

人類學者與西方小外交官為當地製造了不少這樣的工作機會，在當地能夠說一口流利的英文是比任何技術還要高階的求生本事。

「要給小費嗎？」我問老師。

「我想應該不用吧。」老師也不知道。

傑米森是個人類學家，是這次邀請我老師去甘比亞參訪研究的計畫出資者，四十五歲，西班牙裔美國人，是個很想裝作幽默人士的非幽默人士。

而我，只是一個臨時要跟的死研究生兼小說家，因為知道此行的目的地是非洲甘比亞後覺得不來取材實在太可惜，畢竟我的小說《等一個人咖啡》中的男主角在故事結尾時正好會跑到這個非洲小邦交國服外交役。

況且從台灣到美國西雅圖、再從美國西雅圖轉機到甘比亞的機票錢，來回共計十六萬新台幣，跟著計畫，足足省下了好大一筆費用。

還記得我的指導老師問我為什麼想跟的時候，我想了五分鐘才跟她說出我的答案。

她當然不信。任何要吞吞吐吐五分鐘擠出的答案都是胡說八道。

「老師，我大二的時候不是在妳的人類學課擔任助教嗎？」我說。

「是啊。」老師抽著菸。

「當時的指定讀物，就是那個英國人類學家跑去非洲那本……」我回憶著。

「天真的人類學家。」老師有些不耐：「那又怎樣？」

「我……我看完《天真的人類學家》後，對多瓦悠人很感到興趣。」我硬是回答。

「九把刀，多瓦悠跟甘比亞，差很多。」老師瞪大眼睛。

02

落腳

Fishing
for Monsters Squatting
the Gambian Rivers

在非洲，旅行是一種浪漫。
如果浪漫的定義是常常拉肚子，
卻又不得不喝下明知道會令自己拉肚子的水的話……
南無阿彌陀佛。

By 釋・宮本二
（十九世紀第一個到非洲建立佛寺的日籍僧侶，1784~1852）

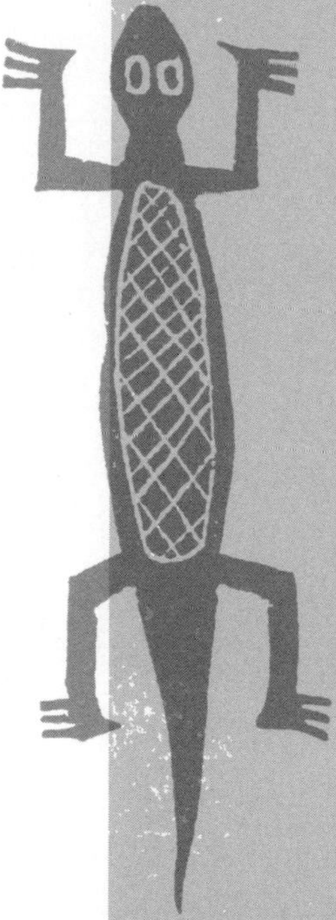

巨大的廂型車搖搖晃晃顛顛簸簸，穿過不甚有活力的市郊後就一路往上，開了兩個多小時，晃過七座危險的吊橋，最後才來到傑米森的研究據點。

我一開門下車，一邊觀察周遭環境，一邊從容不迫地嘔吐。

那是一片被群山環繞著的小平原，大約有三個部落散佈其上，共計四千多人。沒有遭到人類過度開發的地方，無論如何都是美麗的，有所有大家可以想像的景色：藍天、白雲、驕陽，還有不含戴奧辛的涼風。

甘比亞不是沒有乾淨的飯店，機場附近加上市區，據說各有一間體面的三星級國際會館，專門招待外賓。但是為了體驗完全的當地生活，我和老師跟著傑米森住進農舍的茅草屋。

我們一個人一間，兩座大茅草屋相距大約二十公尺，草屋裡頭空蕩蕩的沒有隔牆，簡單的櫥櫃跟木板大床、草蓆，大約只有七坪大小，跟我在台中租的房子差不多大，但沒有任何插座，只有一個煤油燈。不過茅草屋外附有專屬的廁所，比起當地人的真正住所已高級了不少。

茅草屋外是一大片苗圃，種了從西方引進的萵苣跟馬鈴薯，還有一個專門烤羊的爐台，走到茅草屋後方的廁所拉屎，還可以一邊欣賞懸崖下的大好景觀。原來我們位於群山懷抱，卻沒發現自己腳底下也是座小丘。

當地人的人力實在便宜，徵求老師同意後我自己雇了一個十七歲會簡單英文的大男孩當我的嚮導，也算是增加他們的工作機會吧。

會自己雇用嚮導的原因很簡單，我不想跟著老師跟傑米森的研究角度去看甘比亞，這其中當然也有「我不想妨礙你們的研究」、視自己為累贅的意思，或者潛意識裡更包藏著「老師跟傑米森你們自己去忙吧，別打擾我任性的玩耍！」的想法吧！

透過傑米森身邊兩位僕役的介紹，我很快就找到了合適的嚮導，這位嚮導的真正名字很詭異又長，所幸他自己也簡單地稱自己為Jim，這樣讓我方便稱呼很多，雇用的費用約一天三十元新台幣，算是中高價。

Jim很高興，因為我雇用的時間多達九天，而且我是個非常無所求的人，簡單講就是很好應付的老闆。

這種很好應付的老闆血統也發生在我舅舅身上，他在大陸深圳開了間木工廠，養了條大狼狗守著廠房，不料他回台灣過年後回到工廠，卻發現那條狼狗消失了，一問之下，竟得到令人匪夷所思的答案。

「那條狗上吊死了。」工人們遺憾地說。

上吊死的？看到鬼才會相信這種答案。

我舅舅沒看到鬼自然不信，但問許多人也不得其果，直到半年後才有人偷偷跟他打小報告，說他的狼狗被過年期間留在工地的工人們給冬令進補，說狼狗這麼大一塊肉光是看門太可惜，還是吃了實在。

知道真相後，我舅舅氣得快起乩，但也無可奈何，那些工人吃定了他的好脾氣。只是我舅舅從此之後就不回台灣過年了。而且脾氣整個壞掉。

有個屬於自己的嚮導，我的旅程才有明確的起點。

每天老師跟傑米森出去做一些我覺得很無聊的儀式研究時，我就會叫 Jim 帶我到處看看，他起先都帶我去比較先進的城裡晃（我想是他自己比較想去），包括在罕見的觀光咖啡店裡讓我的筆記型電腦 iBook 充飽電，好讓我可以偶爾寫作記錄甘比亞的生活，或是將數位相機記憶卡裡的照片存進電腦，隔天才有空間繼續照相。

Jim可不是笨蛋，能擔任兼差的嚮導都是精明、人際關係良好的人；只有人際關係好的人才有機會透過介紹服務西方人，多接觸西方人英語也會漸漸靈光，英語漸漸靈光工作機會就會多了起來，兩相循環之下以後就算不當嚮導也能到領事館任長期的穩定工作。

聰明如Jim兩天之後就發覺我不是那麼有興趣逛城裡後，於是問我要不要開車到處去亂晃。

我蠻廢的，一直到升上碩士三年級的暑假我才在全台灣最便宜的台中學開車，但駕照考過始終沒機會真正上路，一來沒錢買車，二來不好意思跟朋友借車，台灣的路況讓我覺得會把朋友的車給撞壞。

「租車？一天要多少錢？」我問。

「二十盾。一個月以上會便宜一點。」Jim目露喜色。

「好啊隨便，我們就租個八天吧。」我說，這價錢實在很低。

於是Jim非常興奮地租了台接下來一個禮拜都會陪我們上山下海的破車。

有多炮？比古老的裕隆速利還炮。有多破？我一拳就可以將車子鈑金擊凹的那種破。更慘的是，那是輛手排車。

我傻眼了，因為我當初學車時偷懶，學的是最簡單的自排，現在可好，完全派不上用場，只能乾瞪眼。

「你會開車嗎？」我問。

「會！」Jim的聲音簡直在顫抖。

「那？」我看著他。

「沒問題！」Jim飛快搖晃著手中的鑰匙。

後來我才知道是他自己想開車，想開得要命，所以我安安分分坐在一旁不跟他搶方向盤。雖然我自己也很想在非洲開車暴走……但面對手排車我完全無能為力。

接下來幾天，只有傑米森表示有可觀的祭典時我才會跟老師一齊過去瞧瞧，湊個熱鬧，或是偶爾晚上一起用餐時我才會問老師今天她做了什麼鬼，其他的時間我們都不互相打擾。

老師說，我最大的優點就是不會帶給人麻煩。

我會牢牢記住。

一個優點已經很少的人要認份，必須牢記別人讚許過的話，免得死後遇見守在天堂門口的天使，嚴厲地質詢我進天堂的理由時，我竟一個答案都孵不出來。

03

部落戰爭

Fishing
for Monsters Squatting
the Gambian Rivers

戰爭是可怕的遊戲。
但上帝似乎並沒有要人類終止這個遊戲的意思，
即使是在這片黑色大地。
也許在最悲慘的戰爭中，
人們反而更願意接近上帝？

By 賴爾．史特
（十九世紀第七個到非洲傳教的神父，1762~1820）

那台破車開在台北市裡一定很有 KUSO 的惡趣味，避震器失靈到屁股隨時起飛，後車廂車蓋有時還會彈開，但無論如何這破車是我們最好的代步工具。

似乎出師不利，我們第一次開車出城就遇到下大雨。

那雨勢大到我認為車子會熄火，車頂宛若被子彈不斷打中，聲勢十分嚇人，如果撐著傘走在外頭的話，就算雨珠穿破傘面砸到頭上我也不會太訝異。

「怎麼辦？這樣的雨勢很常見嗎？」我問。

「是精靈在生氣了。掌管鄰近村落的精靈叫鐔科羅拉斯（音譯），是個暴躁的五片葉樹神。」Jim 嚴肅地說，看來這雨不太尋常。

大雨讓行車視線很差，我們勉強開著車到山谷下的村莊休息躲雨，兩個人在車子裡聽著用古老卡帶放出來的、充滿拉丁氣味的歡樂音樂，一邊用簡單的英文聊天。

Jim 問我是在做什麼的，我說我是學生，也是個作家，出過十幾本書，什麼題材都寫。

Jim 點點頭，一副很了解的樣子。

不過我想他將作家與研究者兩個意思弄混了。

越是離奇的地方，人類學家、考古學者、仲介客這三種奇妙的生物就越多。

甘比亞在國際旅遊協會去年的評鑑裡，是「喔喔，真不可思議」國家的第四名，所以當然是很離奇的地方，多的是人類學家。這個非洲小國擁有多達五十多支不同種族（這樣的分法還算是客氣了，如果讓當地人來分，他們用祖先姓氏跟掌管部落精靈的名字來分的話，就算出現一千支種族也稀鬆平常），不管是比較文化學、宗教人類學，或是什麼機歪學都很適合在這裡發展學術研究，連哈佛大學的特殊疾病研究室都來這裡做大規模的基因採樣（壟斷一整個村落的基因是很常見的，尤其是不與外村通婚的地方，基因鏈會顯得很單純）。

「這雨還要下很久吧？」我自言自語。

大雨畢竟讓人煩悶，坐在金屬構造的車子裡，被鏗鏗咚咚的雨珠撞擊聲瘋狂地環繞，久了會得神經病，或聾掉。

於是我打開雨傘下了車，在附近閒晃，一邊構思在這個幾乎都是小孩子的小村落裡，故事《等一個人咖啡》裡的男主角阿拓整天都在做些什麼？

在無法睜眼的大雨中跟動物獵人生死鬥？

在神祕的洞穴裡挖恐龍的糞便？

跟酋長的女兒談戀愛？

突然 Jim 緊張地下車，要我回到車上不要再亂晃了，因為幾個持槍巡邏的民兵搭著吉普車乘雨而來，臉色不善。我識相地照辦。

儘管是破車，我們的車子還是太顯眼，路過的民兵議論了一陣後停下來盤問。他們在說什麼我當然完全狀況外，全權交給 Jim 作答，連翻譯都免了，我只負責天真無邪的笑容那部分。據說微笑是世界共通的兩大語言之一。

然而 Jim 一直說，民兵卻不斷搖頭喝斥，好像 Jim 的答案一路答錯到底，再答下去就會拿到一張零分的考卷。

我在旁邊有些怕了，胡思亂想自己會不會被一槍打死，從此一堆小說落得斷頭的地步。許多連載中小說的結局都擺在筆記型電腦裡，希望老師不要傻到將它丟進屬於我喪禮的熊熊烈火中。

幸好世界共通的兩大語言之二，叫做錢，這語言我們口袋裡也有。

只見Jim神色匆忙從口袋裡掏出好幾百盾的鈔票，交給民兵後，民兵還氣定神閒地一邊數鈔票一邊雜唸了幾句，當著我們的面將鈔票逐人分妥才冷冷地開車離去，剛剛發生的一切好像只是一場預先寫好劇本的鬧劇。

我當然知道Jim剛剛掏出的是規費或是行賄之類的東西，所以他的臉色變得比原先的黑還要更黑，我趕緊說這種打通關節的費用當然是由我來給，叫他別在意，畢竟民兵一定是看我一個外國人，身上一定有錢可以撈，Jim才會遭到池魚之殃。

Jim理所當然接受了我的意見，立刻笑了，還說他們將我誤認為日本人……

「在這裡，日本人很多嗎？」我問。

「不算少，而且日本人很有趣。」Jim 說。

「有趣？他們買了很多東西嗎？」我不解。

「有些日本人會主動攔下民兵，給他們錢後還會跟他們合照，有些人還會拿起民兵的槍擺姿勢拍照。」Jim 若有所思：「日本人是很喜歡照相的一種人類。」

日本！真不愧是出產拖稿大王富樫義博❶的神奇國家！

我頗震驚，但不是震驚日本人勇於拍照，而是震驚自己剛剛居然沒有拉著民兵拍照留念。畢竟可以被錢打通的人，通常脾氣也特別好。大不了惹火了人家，再用錢打通一次也就是了。

「真是失算！」我嘆氣。

---

❶漫畫《幽遊白書》、《靈異E接觸》、《獵人》的作者，老婆是動畫《美少女戰士》的作者武內直子，富樫先生不請助手，經常用草稿交差了事，非常有個性。

晚上回去後，傑米森找我吃烤豆子飯。

傑米森跟我解釋，那些民兵是巡邏村莊查緝游擊隊的，因為部落之間的小戰爭常常演變成部落聯盟的集體挑釁，失敗的一方往往逃往山區變成自治自滅的茫然游擊軍，留在失敗者村莊中的，只有殷紅遍野的大屠殺，還有茅草屋上的黑煙大火。大屠殺在部落戰爭裡是很常見的集體運動，只是不曉得誰是觀眾誰是運動員。

大屠殺後，失敗的倖存者逃往山區隱匿，處境十分可憐，因為他們只是失敗了，卻往往沒有東山再起、推翻政府的意圖，不上不下的狀態最無助了。

幸好我不是住在這裡。

0 Fishing
4 for Monsters Squatting
3 the Gambian Rivers

04

醍醐灌頂

Fishing
for Monsters Squatting
the Gambian Rivers

我有個朋友的朋友，
吃飯時被大家灌酒灌到快吐，
有個人存心惡作劇，
拿著塑膠袋突然從後面套住他的頭，
從下用力一紮。
結果那朋友竟在那瞬間吐了。
嘔吐物在密封的塑膠袋裡像洗衣機一樣噗啦噗啦地轉了起來，
只剩兩隻瞪大的眼睛，
那朋友差點沒被自己的嘔吐物窒息……

By 郎祖筠
（台灣資深劇場、電視藝人）

補充介紹一下我的私人嚮導。

Jim 是長子，有五個弟弟、三個妹妹，可謂人丁頗旺。其中兩個弟弟也是在為觀光客打雜，不過是短期性質的僕役，好處是可以順手學英文，將來必可步步高陞，朝嚮導這類比較高級的工作邁進。

有一天 Jim 問我需不需要人幫我洗衣服等雜事，蠻熱情的，特別推薦我他十二歲的妹妹，說她很勤快，而且很愛乾淨。而且很漂亮。

我心想應該不用吧，再怎麼漂亮都不關我的事，最多也真的只是幫我這個懶鬼洗個衣服而已，況且我到甘比亞之前還特地買了幾件質料特殊的排汗衫，合成的塑膠纖維嘛，只要落到水裡隨便搓揉一番就很乾淨，在室內晾一下，即使天氣偏陰也很快就乾了。後來我到香港參加大陸今古傳奇雜誌社舉辦的交流會（他們稱之為筆會），也是拎了兩件排汗衫就去，到了當地還多買兩件。懶人的、聰明的旅行方式。

不過我想了想，看著 Jim 熱切地想替家人謀個短工的情況下，我還是答應了，關鍵仍在於便宜。

到了Jim的家時，我靈機一動問Jim想不想開車載他的弟妹出去看看、隨便瞎晃個什麼，Jim很高興，他的弟妹更是欣喜若狂，一下子將後座塞滿我們便出發亂晃。後來我才知道Jim的高興不是因為可以帶弟妹出去玩，而是我邀請他的家人共遊，表示我將他當作朋友而不是尋常私人導遊，頗有抬高他地位的意思，這點讓他在家人跟鄰人面前大大露臉一番，很有面子。

不過Jim的弟弟妹妹們上了車後，車子裡的味道變得有些難聞，不是大便沒擦、也不是很多天沒洗澡的那種黏膩的汗垢味，而是很神祕的臭味，不過我這種好相處的個性當然沒有表現出來任何異樣就是。

此時我想起小的時候看過一本書，叫《愛的教育》。

《愛的教育》裡有個小故事，大意是說一個水泥工人的兒子到作者家裡作客，要走的時候，屁股一離開沙發，作者就發現他朋友落下了些許白灰，他想伸手將沙發上的白灰給拍掉，卻給他父親阻止了。等他朋友走後，

他父親說，當著他朋友的面將白灰清理掉，會傷害他朋友的臉皮甚至尊嚴，反正白灰什麼時候拍都行，但總得先顧慮到人家。

我很同意，如果我被熏到想吐，也會假裝是自己暈車，不會牽拖是被臭味陷害。

講到吐，就不由得遙想起小學三年級的一場學生遠足。那堪稱是影響我人生的十大重要事件之一（到底是哪十大？說不清的，搬個數目或名次出來無非是想慎重其事）。

那天風和日麗，我們要去某個兒童遊樂園玩耍，全班五十多人共乘一輛巴士，座位早就依照身高安排好了，我個子從小就不高，加上老師挺喜歡同我說話（我小時候就很喜歡亂講話，甚至是編故事耍老師），於是被安排在老師的後面，位置在巴士的最前方部分。

但開車沒多久，有個坐在巴士尾巴的同學搖搖欲墜地舉手，宣稱他體質容易暈車，若繼續掛在巴士後頭，他鐵定要暈到狂吐，強烈要求好心同學跟他調換位置，讓他坐前面點。

在他臉色蒼白的恐嚇之下，一向富有愛心的我舉手了（雖然我也蠻容易暈車），說我不介意跟他換位子坐，老師說隨便我們，於是我們倆就調換了。我坐在巴士後頭沒有暈車，因為我跟隔壁同學玩紙牌玩得挺入神，但跟我調換座位的同學卻出事了。

出事了，可不代表他吐。

而是坐在他後面的女孩子吐了。

這位嘔吐的女孩子嘔吐的方式很有個人風格，就是站起來吐。別問我她為什麼嘔吐非得站起來，這個問題跟去問一個左撇子為什麼吃飯要用左手一樣蠢，會站起來嘔吐的人就是非得站起來吐不可，才能被稱為「哇靠，她就是站起來吐的那型」那種人。

慘劇就這麼發生，女孩子站起來吐，於是嘔吐物便如醍醐灌頂般在那位男孩子頭上傾瀉而下，當真是震撼人心、魄力十足的一幕！

不久後巴士停在休息站，大夥下去尿尿。那位被嘔吐物淋了一身的同學在男廁洗手台前有氣無力地梳洗，他將所有人身上的衛生紙跟手帕都借

光了，因為他必須將沾黏在頭髮上的糊狀物洗掉，也要將衣服上的湯湯汁汁盡可能消滅，你知道這是多麼悲壯的工程。

印象很深，沒有人願意靠近這位苦主，因為他不只身上的東西很髒，還散發出扣人心弦的酸臭，酸臭的範圍大到大家尿完後全都沒洗手就出去了。

我還記得我尿尿完後，看著孤單單站在洗手台前清洗的他，頗有感悟說了一句話：「喂，黃世穎，如果我沒有跟你換位子的話，被吐的人就是我了耶！」鼓勵他，然後沒洗手就閃人了。

他透過鏡子看著我的表情，我這輩子絕不會忘記。那堪稱是影響我人生最重大的十個表情之一。

後來大家上了巴士，不久後那男生也吐了。

坐在那麼前面也吐，實在不能怪他身體虛，而是澆了他一身的嘔吐物殘留下的餘味不斷地熏他、蒸他、摧毀他，還將坐在他身邊的同學嚇跑，寧願跟後面的人擠一擠也不願跟他坐在一起。

原本應是苦主第一順位的我，當然比誰都關心事件的後續發展。

我仔細看著站起來嘔吐的那位女孩，嗯，實在是很醜，而且醜到將來也沒機會變美。

一個人長得醜不醜其實沒啥好評論的，漂亮也不見得個性好或是善不善良什麼的，但在嘔吐這件事上，美醜就產生了很嚴肅的差別。

如果站起來嘔吐的女孩子是名模林志玲，至少那位被醍醐灌頂的男孩在長大後，還可以指著電視上的美女說：「哈！想當初我國小三年級時，這個大美女還吐了我一身呢！萬一當初我沒跟柯景騰換座位，她還吐不到我身上咧！」靠，多麼的驕傲！

但很可惜，那位跟我換座位的男孩子一輩子也不會有這種機會，這件事也肯定影響了他以後的人生。例如他絕對不會跟任何人換座位，一旦換了，說不定頭頂上的風扇突然墜落。例如他絕不會跟人交換樂透彩券，免得錯過頭獎。例如他絕不會跟人家玩換妻，免得幹到籤王。

扯得太遠。

不過小鬼頭的臭味不容小覷，我在顛簸的老舊車上的確不太舒服，於是藉了個故打開窗戶，呼吸新鮮空氣免得出糗。

搞不好他們反而覺得我很臭……一個人要真的臭，他也聞不出來的。

0 Fishing
5 for Monsters Squatting
3 the Gambian Rivers

05

一場糊塗的奶暈

Fishing
for Monsters Squatting
the Gambian Rivers

我很想念好友繪津子的奶子。
說真的，
在我決定報復好友山本上了我妹妹的時候，
我根本沒想到他的老婆，
繪津子的奶子竟會深深吸引我。
我從不覺得我是個奶癡，
但從今以後，
我想我會成立「繪理子奶戀」俱樂部吧。
如果山本不反對的話。

By 木村哲

（日本知名品酒專家，雜誌專文者，1942~1994）

講到臭，就不得不說說在甘比亞的洗澡經驗。

有條精力旺盛的小河貫穿了我住的小村落，於是大家都在河邊洗澡。

儘管有水井，雖也不是什麼珍貴資源，但裡頭的水那是用來喝的，因為從井舀出來的水是很清澈的，水裡的線蟲跟紅蟲一條條看得一清二楚，不若河裡的有些泥黃，吃進什麼東西都不曉得。

我去的時候是半雨季，河流水源充裕，堪稱幸運。乾季的時候，河流乾了，河道上的土變成爛泥巴，聽說那時大家都卯起來不洗澡，水井也真的成為稀有資源，它儲存了雨季時的老天恩惠，絕對是要喝的，可不能拿來洗澡。

甘比亞人不分男女老少都在河邊一起洗澡，算是社交行為的重要一環，友好的兩人還會相互塗抹香料，有點像是靈長類相互整理毛髮、抓蝨子吃食的親密交流，這種交流讓兩人產生互信互賴的共生感，奠定了原始社會的和平基礎。

「Giddens，要跟我們一起洗澡嗎？」Jim 問，爽朗地說：「我知道你們不習慣跟大家一塊洗澡，你可以用屋子大甕裡的存水洗身子，我再叫小妹挑水補滿，不費什麼力的。」

「當然一塊洗囉。」我為了表示想融入當地日常生活，自然決定參加河邊的天體營寬衣解帶，而不是躲在茅草屋裡舀大甕裡存放的清水洗澡。

到了河邊，我發現甘比亞的女人不只身高可以灌籃，奶子也都很大，不過幾乎清一色都下垂，如果牛頓當初沒有被蘋果砸到，見了這麼多對下垂的吊奶想必也會有所領悟。

我沒有被下垂的奶子林給嚇跑，卻被那些女人大得一塌糊塗的奶暈弄得十分心驚。每坨奶暈差不多都有我的巴掌大，久視之下會有世界末日就在眼前的莫名焦慮。

在受到奶暈攻擊後，身為視姦界椅子人的我也沒辦法抬起頭來炫耀亞洲巨砲的實力，而且我發現我的外號起錯了，什麼ＧＧ大，大個屁，Jim垂在肚子下的那隻才叫妖怪，就連他十歲的弟弟都是一副神力天授的模樣。

有鑑於士可殺不可辱，大部分時間我都將下半身泡在水裡專心擦拭，一邊感嘆人類的進化果然十分分歧，一旦走岔了路，皮膚黑白黃紅各不同，長短也分了高下。

正當我感嘆民族榮譽的危機時，Jim 那即將替我洗衣煮飯的十二歲蘿莉小妹也下水洗澡。我才驚覺原來有些東西還是精巧美觀就好。

還未遭到地心引力的蹂躪前的甘比亞女孩最美。

「我妹妹幫你擦香料。」Jim 堅持。

「隨便。」我也不反對。我說過我好相處。

Jim 小妹用奇怪的香料撒在我身上，香料一沾到我原本就溼溼的身體時糊成一團，好似軟軟的香皂，小妹就這麼搓著、捏著，有點像是在我身上擀麵似的，香氣很濃頗有催情效果，我深思若取得這香料的代理權回台灣，豈不要大賺一筆？

小妹將我的背搓揉完畢，就換前胸。

這可有些不大妙，許多男人的敏感之處都在雙乳，我也不例外（尤其

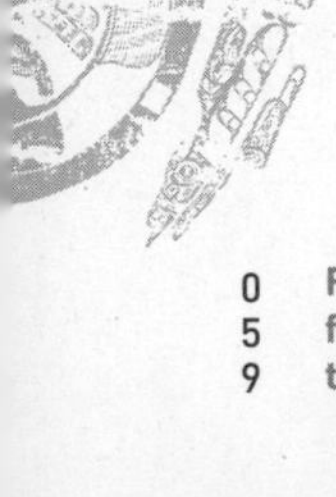

是豪邁的左乳），一個弄不好就要勃然而起，我趕緊矮了矮身子，確定下半身都泡在水裡後才放心讓小妹幫我擦，免得等一下臉丟大了。

小妹似笑非笑，搞得我人心惶惶，揑著香料麵團的雙手動作得越來越慢，還叫我將雙手舉起，她好清理我鳥窩般的胳肢窩，情勢可說是越來越危急。

「嘴巴說不要，身體卻很誠實。」

這句經常出現於各大A片的佳辭美句，自動自發從我的心底冒了出來。我趕緊點頭說可以啦我很乾淨囉，不如換我幫妳塗塗。

「不不，只有夫妻才互相擦澡的！」Jim連忙阻止。

是嗎？真是太可惜了！

洗完澡後，我走上岸用毛巾擦乾身子時，一抬腿，赫然發現屁股跟大腿後側吊了好幾隻肥滋滋的水蛭，少說也有十來隻，個個吸得眉開眼笑。

Jim見狀也不奇怪，笑嘻嘻地將吸在我屁股跟大腿上的水蛭俐落地給拔掉，動作之快讓我來不及反應。

我吃了一驚，因為這樣拔水蛭似乎會傷到我的皮膚，我還以為要撒鹽讓水蛭自動脫落才是穩健的、有科學常識的做法，然而Jim的手法非常快速，肯定是有練過吧，水蛭幾乎沒有抵抗就被輕鬆解決。

「&^^&$$^&(*)*(^%$@……)」Jim嘴巴裡繞著一大串嘰哩咕嚕的土話，然後將放在地上的水蛭一條條投進了河裡，並沒有要處死水蛭的意思。

我注意到除了我之外還有幾個人的屁股也掛了幾隻水蛭，顯然Jim將水蛭丟回進河裡並不是因為他們有防範水蛭的妙招，例如在屁股上事先塗上特製的藥膏之類，所以一定有其他的理由，例如「水蛭是人類最好的朋友」、「水蛭在甘比亞是保育類動物」、「水蛭是我們這個部落經過認證的祖先」。

「Jim，為什麼不拿石頭砸死水蛭，反而要丟回河裡？」我就直率地問了。

「這條河的精靈叫屋喪邦哥，是一頭像大樹般粗大的水蛭，這些水蛭都是她的小孩，要不是吃掉，還是放回去的好，不然屋喪邦哥會不高興

的。」Jim 說。

有沒有這麼誇張啊？雖然我在小說《狼嚎》裡也寫到許多條潛伏在「不知道通到哪條河」中的巨大水蛭，每一條都長達數公尺，齜牙咧嘴的十分恐怖，還能將木舟捲起來咬碎。

我的背脊突然發涼，如果真有屋喪邦哥，萬一她剛剛咬了我屁股一下，我的屁股一定遭到連根拔起，那我以後該怎麼大便？難道有人肯捐屁股給我？

胡思亂想之餘，我想起了我所寫的故事中，獨一無二又超人氣的大魔王 Hydra。

Hydra 翻譯過來有兩個意思，一是九頭龍，傳說中活在赤焰沼澤，每被斬下一個頭顱就會再生的妖怪，後來被希臘兄貴英雄赫庫力斯做掉，做掉的方法是每斬下一個腦瓜子就用 3M 瞬間膠封住創口不讓妖怪的頭顱再生。第二個意思是水螅，一種活在清水中腦袋像水芽的小生物，但水螅並不是水蛭，我以前誤會兩者是同一種東西很久，還是熱心的讀者來信提醒我我才恍然大悟。儘管水螅非水蛭，但誤會已久，我就是想起了 Hydra 這號總不學好的人物。

既然見面三分情，我也不能不好好招待他老人家一番。

「我可以留下一條嗎？」我問，蹲在地上。

「留下來？」Jim 訝然：「這裡沒有人吃水蛭的，難吃，不好吃。」

「嗯，我想養著。放心我不會隨便殺掉牠的。」我信誓旦旦。

於是 Jim 幫我將一條還未丟回河裡的水蛭放在一個舀水的小盆子裡，我就這麼帶回茅草屋養。

Jim 自始至終都很不解，不過他沒有反對，畢竟他見過我施展自創的巫術過（下一章節），相當尊重我莫名其妙的做法。

甘比亞人認為事事必有邏輯，有些邏輯儘管不可探知，但終究是存在的。人類要理解各式各樣精靈的想法本就不易，何況是來自台灣的荒謬習俗。

我想，死觀光客對他們來說也是一種很奇特的生物，只是他們沒心思研究我們吧！

0
6
5

Fishing
for Monsters Squatting
the Gambian Rivers

06

葬髮儀式

Fishing
for Monsters Squatting
the Gambian Rivers

迷信？這個世界如果什麼都可以分辨得出真假就好了。
自從為爺爺守靈那晚，
我親眼聽見死去的爺爺在密封的棺材裡扯開喉嚨大叫：
「你們這些混帳！想要活活悶死我啊！」
然後傳來一陣激烈又沉悶的敲打聲時，
我就什麼都願意相信了。
附帶一提，那時只有我一個人在棺材旁邊，
其他家人都到隔壁房打牌。
我很怕，所以假裝沒聽見。
半小時後，爺爺就不再出聲了。
這是我永遠的祕密。

By 李康義
（台灣苗栗縣長盃第二屆腕力大賽冠軍，得獎感言節錄，1974~）

甘比亞獅子很多，蝨子更多。

我剛到的第二天就覺得頭很癢，這才發現傑米森禿頭的好處，也震驚大多數人類學家都是行事低調的禿頭，原來跟蝨子這回事有關。

「真不愧是人類學家的十大祕密之首。」我斷定，忿忿不平。

我叫Jim帶我到城裡將電腦跟數位相機充電時，順便剪了個頭髮，是個清爽俐落的大平頭。

我不敢在村子裡剪，怕剃頭刀不夠乾淨會得愛滋，這種事時有聽聞，挺恐怖的。不過這只是原因之一。

真正的原因更恐怖。

原本Jim帶著我先在村落裡尋找理髮師，但理髮師是個右眼瞎掉的老婆婆，記性不太好，光是翻箱倒櫃尋找那把大剪刀就耗了大半天，最後才發現原來是插在一個裝滿豆子的大甕中。

至於大剪刀為什麼會插在那裡我一點都不想知道。

老婆婆的大剪刀不僅巨大，刀片跟鐵製的把手都鱗佈褐紅色的鏽，哭訴它的身經百戰。在台灣，我們會叫這種剪刀「啊！這不是剪布的那種剪刀嗎？」這名字，所以我結結實實地嚇到了。

「這老婆婆剪頭髮沒問題吧？」我小心翼翼地問。

「我不知道。我的頭髮都是媽媽剪的，現在則是自己隨便剪。」Jim摸著自己頭上的小捲髮，說：「不過你放心，這老婆婆是村裡有名的智者，她不但會剪頭髮、算命、看星象、醫病，這把年紀了還會接生呢！」

我更疑惑了，看著老婆婆手中的大剪刀，說不定那柄鱷魚剪還喀嚓過臍帶呢！

「我看還是算了。」我嘆氣。

我輸了。

城裡的理髮店就明亮得多，不僅有乾淨沒有生鏽的剪刀，還有燙髮、染髮的高級服務，因為理髮店要接待的可能是外交官家屬、跟來不及得到禿頭防蝨子的觀光客。

我注意到他們用的剪刀跟剃刀比起單眼老婆婆的小了好幾號，研判應

沒有剪過臍帶。

放了心，我一邊打瞌睡一邊被剪髮，此間想起了一個惡搞 Jim 的小遊戲，於是特別吩咐彬彬有禮的理髮師將剪落的頭髮小心翼翼地包了起來，讓我帶走。

理完了髮，我神祕兮兮，叫 Jim 將車子停在人跡罕至的路邊大樹下。

「要做什麼？」Jim 問。

「噓。」我將手指放在嘴巴前。

噤聲中，我們在樹下找了個土質稍軟的地方掘了個小洞，我將頭髮埋了進去，口中唸唸有詞（當時我唸的是有規律的往生咒跟藥師琉璃光如來咒，兩者我都朗朗上口），刷了火柴燒掉，然後再用一塊挺有氣勢的大石頭壓著髮灰，填土蓋好。

Jim 始終表情嚴肅地看我做完這個儀式，一言不發，深怕打擾到我進行儀式的節奏。

等到我們回到車上時，我的表情如釋重負，Jim 終於忍不住問了我那是什麼儀式，為什麼要葬髮燒髮？

我老早就編好了理由，跟他說惡靈（甘比亞的宗教完全相信惡靈，且常常出現，惡靈可說是不肯學好的、遭到懲罰過的墮落精靈）都是死盯著一個人的頭皮跟蹤的，所以我們台灣人每隔一陣子剪完頭髮，都會將頭髮埋在地洞裡，痴傻的惡靈誤以為我躲在地洞，便會鑽了進去。

「那石頭呢？」Jim 問。

「我用石頭將鑽了進去、附在頭髮上的惡靈給鎮壓住，至少可以獲得一個月的清靜不被惡靈打擾。」我說。

「惡靈推不開石頭嗎？」Jim 不求甚解。

「我先連同頭髮燒了它，惡靈受了傷，一般需要好幾個月才會恢復力氣呢。」我解釋，不費吹灰之力。

要知道作家可是胡說八道的高手。

Jim 不停地點頭，直說原來還有這個辦法，還說只可惜他大概學不會我唸的往生咒。

我莞爾地淺笑，心想他們該不會也常常故意做些亂七八糟的事騙人類學家吧？

這種懷疑是有道理的，畢竟人類學家大部分時間都挺無聊，整天瞎纏著原住民，要看這個要看那個的，當地人總不好意思教他們空手而歸。說不定有些無中生有的「傳統」習俗根本就是大夥串通好的，將人類學家耍得團團轉。

可謂大規模、有系統、有組織的集體詐騙活動。

因此後來Jim一路上跟我聊起他們甘比亞人（或者說，部分甘比亞人）對付惡靈的種種方法，我也在肚子裡懷疑Jim是不是在唬爛。不過我明白只有我才會這麼無聊。

「有沒有除惡靈儀式可以參觀？」我隨口問。

「那要先打聽哪裡有人被惡靈纏身，那裡才會有除惡靈的儀式。」Jim說。

「這樣啊，那甘比亞常常有人被惡靈纏身嗎？」我舉手。

「嗯，但要臨時碰上也不簡單。」Jim 笑笑。

「被惡靈纏上會怎麼樣？發燒？嘔吐？還是睡不著？」我問。

「嗯，大概的意思就是這樣了。依照身體哪裡不舒服，巫師會判斷是哪一種惡靈纏身，然後會燒藥草跟唸咒語驅走惡靈，或是請其他好的精靈幫忙趕走惡靈，方法很多的。」Jim 說：「年紀越大的巫師，會用的方法就越多。」

「能不能自己發明趕走惡靈的方法？還是每一種方法都是老方法？」

我看著窗外，竊笑。

「大部分都是老方法，不過有些有大智慧的巫師會發現新的藥草，如果有效，就會繼續被使用。」Jim 略有得色，說：「我們也是會進步的。」

我同意。

「那有沒有什麼儀式可以碰上的？比較方便點的？」我問：「我常常流鼻水，會不會也是惡靈纏身？如果是，能不能帶我去除惡靈？」

「台灣來的惡靈我們恐怕驅不走，有點麻煩呢這件事。你們的病還是找你們自己的醫生比較有辦法，你們的惡靈聽不懂我們唸的咒語，怎麼會怕呢？」Jim搖搖頭，深怕萬一甘比亞的巫師驅不走我的流鼻水病，他會覺得丟臉。

「那祈雨儀式呢？」我問。

許多人類學的教科書都會提到幾種重要的、非研究不可否則就拿不到補助經費的原始部落儀式，祈雨就是其中的大宗，或許還是最大宗。

「祈雨儀式？我可以帶你去，看一次三十盾。」Jim很爽快，向我推薦東村的老者，據說那是一群類似「祈雨俱樂部」或「祈雨同好會」的智者團體。

「不過話說回來，現在可是雨季啊Jim！祈雨儀式都是在乾季的時候搞的吧？」我大笑。

「但是可以做給你看！」Jim很誠懇。

我想販賣儀式給觀光客看，也是一種甘比亞風格的浪漫吧。

浪漫如我當然沒差。但如果裝熟魔人阿拓正坐在Jim的旁邊，他會怎麼做？

「走吧，那一定很好玩！」我笑著。

在非洲，答案永遠都是那麼簡單。

07

在雨季祈雨的神祕老頭

曾經在滂沱大雨中跟朋友打棒球，
感覺非常霹靂。
當閃電擊中朋友手中的球棒時，
我突然有個感觸：「如果手邊有台相機就好了。」可惜沒有。
看著救護車將我朋友載走後，
我一轉身就買了數位相機。
至今，我一直都在等待下一道閃電打在誰的身上的那瞬間。

By 麥可・歐思

（紐約曼哈頓街頭熱狗小販，業餘閃電觀察家，1968~）

在雨季舉行祈雨儀式這檔事看似很不合理，不過從另一方面來看，如果平常沒有好好練習，等到乾季再來祈雨，技巧不圓熟的話就不可能成功。

所以雨季祈雨合理。

又，乾季既然叫做乾季，沒有雨也很正常，祈雨也是多此一舉，例如你在冬天臨時起意要看熊，就別指望在林子裡找，因為林子裡的熊都挖洞躲起來冬眠了，真要看就要跑去馬戲團，看失眠的熊踩龍球。不在雨季祈雨根本錯過祈雨的實質意義。

所以雨季祈雨合理。

再來，如果觀光客在乾季付錢要求看祈雨儀式，其下場肯定是等不到雨，先不說觀光客難掩「幹！被騙了！」的失望與氣憤之情，舉行祈雨儀式的祭司也感臉上無光、民族自信心低落。

所以雨季祈雨再合理不過。

想通了以上三點，我抱著開朗的心情在一個大陰天與Jim來到某部落。

Jim兩三下就找到五個擅長在雨季祈雨的老人，看他們拚命推薦自己的模樣，甚至破口大罵對方所用的祈雨術不道地（當然是Jim 翻譯給我聽的），我忍不住問了祈雨儀式的價碼。

「三十盾一場雨。」Jim 說，又補充：「如果付五十盾，就可以見識大雨。」

我笑了，這幾天下午都嘛是下大雨，哪天是下小雨了？

「這樣吧，他們五個人一起來，我付一百五十盾，我要看非常非常大的雨。」我說。

但Jim 將我的話翻譯過去後，五個老人連忙搖手，表情凝重地說了好一些話。

Jim 解釋，那些老人不願意為了一點錢製造大洪水危及全村，那可是災難。

此時我頗為內疚，雖然是抱著好玩的心態（加上一百五十盾實在是個小數目），但我的舉止完全是個自以為是的暴發戶，完全忽略那些祈雨老人的專業精神。

「好吧，那我付五十盾，由那個老人執行。」我指著一個看起來年歲最大的老人，他看起來很像櫻桃小丸子裡的爺爺「櫻桃友藏」，頗有一股痴傻又和藹的親切感。

其餘落選的老人只好失望走開，還邊走邊吐口水洩憤。

接下來，就是限制級的祈雨儀式。

說是限制級，是因為我們要宰動物祭精靈。

說明一下好了，甘比亞的宗教在人類學的劃分中屬泛靈論，各種自然現象都是由林林總總的精靈所控制，這些精靈並不是至高無上、不可抵抗的神祇，而是一種「有喜好的擬人化靈體」，挺親近人的，例如中國的樹神、石頭公、河伯，或是由動物變化而成的類人靈體，如白蛇傳裡的白素貞、聊齋裡的狐仙。這些在甘比亞通通有！

泛靈論將許多人類周遭的事物都神話化，但人類學通常並不稱泛靈論為「宗教」的一種，而稱其為「巫術」。這是為什麼呢？難道原始部落的泛靈論信仰不夠資格被稱為宗教，只能淪落為怪裡怪氣的巫術？

不，不是的，是定義問題。

在「宗教」的定義裡對「神祇」的定位比較高，高到「人類無法通過任何方法或儀式，去改變神祇的意向」，例如路德教派的天選說❷，或大到整個基督文明、傳統佛教❸。

---

❷西方宗教改革提出的天選說，主張一個人是否能進入天堂，在他出生前就已經被上帝決定了。路德這個見解極具有突破性，因為一個人若能通過行善等方式來獲取進入天堂的門票，就代表著一個人進入天堂是他自己可以選擇「行善／作惡」來決定，而不是上帝的恩典。換句話說上帝連阻止他也沒有立場，這怎麼行呢？上帝在西方人眼中是很大尾的，當然什麼事都得他說了算。

❸但不純粹，因為「因果」說既符合不可改變，卻也讓信仰者擁有一定的自主權，例如「我要種什麼因」似乎是可以選擇的。詳情請洽肚臍風電影《大隻佬》，大陸譯《大塊頭有智慧》，噗嗤。

也就是說，只要信仰體系中的「神」可以因為人類的「燒紙錢」、「拜拜」、「擲筊」等方法去了解這位「神」在想什麼、甚至去改變神的旨意以符合祭拜者的現實需要，那麼這位「神」其實很遜炮，其實是被祭拜者所操控的。在這定義下，祈雨這種跟神訂立交換契約以達成目的的儀式，當然也是巫術的一種。

我想這種定義跟訂定人類學的總部是設在崇仰基督文明的西方國家有關吧，他們總是在吹捧自己時又不忘機歪一下別人。

課上完了，現在回到限制級的祈雨儀式。

我要被迫殺一頭小牛。

「不要吧？一定要我動手？」我獃住了，看著小牛頗有靈性的眼睛。

這小牛很瘦，幾乎是一頭長了角的野貓，全身都在顫抖，似乎已預見等一下的血腥命運。

就因為一個死觀光客的好奇心。

「是的，這動作必須由要求祈雨的人來進行，不過因為大雨是降在全村的土地上，所以祭品小牛最後是歸全村所有，不是你，所以並不能算是你殺了小牛。」Jim 解釋，似乎看出了我不想殺小牛的心態。

但小牛死掉，怎能說跟我沒關係呢？

「天啊，我收回祈雨的要求可不可以？錢我照給。」我嘆口氣，完全無法動手。

「那我建議，舉行只要三十盾的小雨儀式就可以了，這樣就不用殺死小牛。」Jim 說。

果然是善解人意的嚮導。

「不早說，不過小雨儀式要殺什麼？」我鬆了口氣。

「殺油瘩。」Jim 說，然後花了好些時間比手劃腳，試著跟我解釋什麼是油瘩。

「算了，就殺油瘩吧。」我聽不懂，但殺什麼油瘩的總比掛了小牛好吧？

雖然我已經後悔莫及，但此時已騎虎難下。

於是，老人慢吞吞從家裡捧出一只小水桶，然後用小鏟子挖出一條長得像蝸牛加上海星綜合體的怪東西，緩緩爬動，身上的觸角不斷擴張探視。

我知道你們在想什麼，但我必須說，那不是蠑螈，也不是基因突變的蝸牛。完全不是那個樣子。

呼，無論如何，我確定牠不是哺乳類的動物後總算是鬆了一口氣。人類在面對道德難題時總會出現一些看似正確的道德出口，以求解脫自己的罪惡感。

「怎麼殺？」我問。

「隨便。」Jim做出斬下去就對了的手勢。

我拿起刀子，準備剁下油瘩的腦袋時，突然很湊巧的，天空開始降下毛毛雨。

不亂蓋，真的就那麼湊巧，畢竟黑黑的雲已經積了那麼厚，就算大雨一口氣傾瀉而下也不奇怪。

這時我替祈雨老人甚至是Jim感到尷尬，畢竟在祈雨儀式開始前就開始下雨，這祈雨儀式要不要舉行就變得不上不下的。

但老人與 Jim 的臉上卻不見絲毫窘態，只是在等我下手。

「去吧！稻中桌球社！」我刀子剁下，還連剁了好幾刀。

我總覺得，減少掙扎絕對是好事，所以從第二刀開始我幾乎沒有猶豫，一刀比一刀更乾脆。儘管油瘩看起來實在不像是會痛的東西，但被砍成了渣總不是值得回憶的事。

老人哼著調子平淡的歌曲，拿出幾個模樣古怪略帶色彩的小石子，依照某個看似深思熟慮過後的哲學，慢慢擺置在油瘩屍體附近，大約擺了十幾顆，然後接下來的十幾分鐘內，我跟 Jim 就在大雨中跟老人跳來跳去，在大雨中繼續祈雨。

順時針跳，然後老人會彎下腰將石子移動，像是在做調整，然後每次調整完，就會從順時針變成逆時針，然後再調整、再順時針。反反覆覆的，完全不受已經正在下雨的事實影響。

「真是勇氣百倍、決心十足的民族。」

我暗暗佩服，猜想老者調整石子的排列或許是在控制大雨落下的時間長度，看他信心十足的樣子，蠻替他高興。

此時我想起人類學有趣的反骨名作《天真的人類學家》裡的一段爆笑經驗，該英國研究者在多瓦悠蘭跋山涉水，辛辛苦苦尋訪到當地最傳奇的祈雨老人後，老人慎重其事拿出祈雨儀式的最關鍵工具：「幾粒裡頭鑲有彩虹色彩的神祕石子」時，研究者竟訝異那些石子居然只是幾粒「透明彈珠」。該研究者臉上的斜線可想而知。

我確定我眼前的祈雨老人放在油瘩屍體旁的幾粒小石子不是彈珠，不由得感到欣慰，免得尷尬的情況發生。

許久後老者進到屋裡，拿出一把香料撒在油瘩屍體身上，點火。

令人驚異的，在大雨中油瘩屍體燒得很旺，一點都不受大雨影響。我想油瘩這種特殊的怪動物身上一定有很高很肥的油漬，加上特殊的香料，所以火勢反而越燒越旺。

油瘩屍體燃燒的氣味很臭，我忍不住皺起眉頭。

長得酷似小丸子爺爺的老人注意到我的表情，於是很人性地宣佈儀式結束。

我們進老人的屋子裡等待雨停，Jim 拿出粗布讓我擦拭身體，老人則幽幽地坐在屋簷下抽菸草，也不搭理我們。

依照慣例，大雨至少還要下一個多小時，我跟 Jim 擦乾了身體，到屋簷下坐在老人旁邊，討了點菸草來抽。

我沒有猶豫，雖然我這輩子只有在國小時偷偷在巷子裡抽過一次菸，當時被嗆得不斷咳嗽，回家後喉嚨還發炎了。我對菸從沒抱持過好感。

「但這裡是甘比亞啊。」我高興地接過菸草。

大雨一直下。

08

香吉士

Fishing
for Monsters Squatting
the Gambian Rivers

什麼流浪漢？
香吉士是隻雞！

By 井澤 廣美

（稻中桌球社社員，小拳王矢吹丈髮型的專家）

甘比亞的傳統市集很無聊。

這種斷語出自一個受西方知識訓練的研究生之口或許聽起來很刺耳，好像對落後國家的污蔑。

不過說很無聊還算是客氣的了，甘比亞的傳統市集比起台灣最冷清的菜市場還要不熱絡幾倍，零零散散的小販們有氣無力地叫賣一些吃的東西（例如乾乾瘦瘦的蔬果，比起來台灣的農夫真的很會種東西）、或是即將被吃的東西（例如營養不良的小牛、毛色稀疏的雞，但價格在他們眼裡都是昂貴的），至於日常生活用品諸如草籃或簍子等，這裡家家戶戶都會做，所以也沒有人笨到拿出來賣。

這種冷清的市集是常態，在落後國家再正常不過。

號稱開創社會學三大名家之一的涂爾幹先生，將社會的構成分成「有機連帶」跟「機械連帶」，主張在原始社會裡幾乎沒有職業分工的情況，也沒有必要分工，例如每戶人家都飼養一點禽畜、都會種一點萵苣跟甘藷，也很不幸男女老幼都會編織跟粗糙堪用的手工，於是「純粹」貨品的交流變得很沒有必要，缺了就做，餓了就種，少了就生。

甘比亞部落就是這種尚未出現精細職業分工的社會，大家所做的事都半斤八兩，所以沒有誰非得需要誰的問題，也所以部落之間都不太合作，甚至在情感上壁壘分明，部落戰爭常常打個沒完，如果萵苣村專產萵苣，甘藷村專產甘藷，兩村好好交流一下就不會整天殺得血流成河。

社會學這門學問強調「分工」是現代社會之始，而「資本主義乃推動分工的內在動力」，我想也是頗有道理的。

回到市集。

在甘比亞部落，會把雞牽出來賣的人，大多是因為這隻雞已經生不出蛋了，自己吃捨不得（不是捨不得殺，而是吃了牠等於吃錢），所以乾脆牽出來試試機會，既然下不了蛋，會買雞這種奢侈品回去吃的人還真是少。

至於家裡那隻會生蛋的雞不幸死去的人們正好要出來買隻會生蛋的雞，那才有一點交易的可能，不過 Jim 告訴我會生蛋的母雞價格是不會生蛋的老母雞的三倍，嘖嘖。

這種傳統市集自然引不起我的興趣，沒逛兩下我就意興闌珊，事實上我也不認為有什麼學術研究的價值。

我的老師也頗有同感，敏銳的傑米森發覺我們渙散的眼神後，就決定開車帶我們到鄰近市區龍蛇混雜的大市集開開眼界。

地球開發得越快，世界各地所體現的不協調性就越大，這點在甘比亞尤其輪廓分明。

鄰近市區的大市集聚集了一大堆的商人，所賣的當然還是不可避免有蔬果，但蔬果飽滿豐實得多，標價也高，顯然這些商人認為會來到這裡挑選貨物的人都比較有錢（大多是西方臉孔，遊客少，外交官眷屬卻多），雞雞鴨鴨也不少，羽色鮮豔、看起來能下蛋的機會也大得多。

我們隨意亂逛到一個賣雞的熱絡小攤前，其中有一隻看起來很安靜、很有風格的母雞引起了我的注意。

牠既不太叫，也不太動，雖然沒有眉毛，但我可以看出牠正在皺眉。

我想起了一部日本漫畫，叫《痞子勇士》，裡頭有個兇惡的疤面流氓在高中時養了隻雞，用狗鏈子拴著，就這麼牽在學校裡，很屌，尤其那流氓始終不解他的雞為什麼不生蛋，旁邊的小跟班也不敢跟流氓講明，因為牠是隻公雞。

讓我們回到「很屌」那兩個字。

是啊，養一隻雞用鏈子牽著，真屌！

在台灣我可能終其一生都養不了雞，所以此時正是出手的大好機會，加上我一直都在思考應該在回台灣前送Jim什麼禮物好，如果送錢未免太土也太野蠻，但如果是隻雞，我想應該是份還可以的禮物，要宰要賣要養都隨便他啦。

不過今天因為是傑米森帶我們出來的，所以Jim並不在身旁幫我翻譯，我買起雞時困難重重（不是疑雲重重），雖然按照原價買也不是多貴，但了解殺價是萬國夜市語言的我還是不願白白當冤大頭，於是用簡單的英文就地喊起價來。

「五盾。」我比了個五。

「三十盾！」小販用力揮手，毫不客氣。幹，三十盾我都可以命令老天爺下一場雨了，還可以順手宰了頭不知名的油瘩。

跟你買隻雞？

「五盾。」我堅持。

「三十盾！」小販別過頭不看我，還一直揮手。

我冷笑，攤開雙手。

「九把刀，你也太誇張。」老師用鞋子踢我的屁股。

「十盾！」我搖搖頭。

「二十五盾！」小販還是沒有看我，揮揮手。

果然價錢是彼此逼近的，誰都不能堅持。

「十盾！」我指了指那隻風格沉穩的母雞。

只有像牠那種會思考的雞才配當小說家的雞。

「二十盾！最後！」小販拎起那隻雞，直接放到我前面，作勢要拿繩子將牠的腳綁起來給我。

「我還沒決定，二十盾，太貴！」我說，堅決地搖頭。

「九把刀，你買雞要幹嘛啦！」老師有點不耐煩，傑米森卻是老神在在、一副事不關己的懶樣。

「拜託啦讓我買一下。」我轉頭，懇求老師。

「我們等一下還要繼續逛，你一開始就抱了隻雞，要怎麼逛？」老師警告我。

「我沒有要抱，要用牽的。」我鄭重澄清，用抱的好蠢。

要是回台灣後讓讀者知道我牽了隻雞逛大街，大家一定覺得我屌爆了。

「十五盾！」小販或許看出我老師跟我在爭執這隻雞要不要買，趕緊降價，然後迅速幫我將雞腳用繩子綁好，倒吊提了給我。

「好！」我也不再囉唆，但硬是跟他要了一條繩子，比手劃腳要他幫我把繩子綁在雞的脖子上而不是腳上。

但小販怎麼綁怎麼不對勁，那牢固至極的綁法讓我感覺到那隻雞沒幾分鐘就會窒息而死。於是折衷，雞販在母雞的脖子上隨便繫住，然後在雞的身上纏上兩圈繩索，打結，我將雞腳上的繩子解開，讓牠可以開步走。

有點樣子了，雖然繩子綁在雞肚子上是有點怪怪的，但我這個人就是這樣，只要別人覺得古怪，我就覺得有夠神氣。

「香吉士！走！」我輕輕拉了一下，香吉士皺著眉頭踱步前進。

「什麼香吉士？」老師嘆口氣，覺得很丟臉。

傑米森哈哈大笑起來。

0 Fishing
9 for Monsters Squatting
7 the Gambian Rivers

09

懶惰到了頂點的技藝

與其説痛苦是一種感覺，不如説，
痛苦是一種不斷反芻虛假快樂後的強迫式反應。
但説是反應又不太真確，
也許用「一種必要的由外而內、再由內擴散到外的沉澱迴路」
比較接近事實。但比較接近意味畢竟還不是事實本身，
要準確描述痛苦的意義，
還是需要親自體驗，
用過溢的實踐去感觸那並不單純為感觸的
某種綜合攪雜的刺激體。

By 伊藤道三

（初中生、兼痛苦專家。其語言表達的能力，令他的國文老師非常痛苦）

於是我就牽了香吉士繼續逛市集。

甘比亞非傳統市集真正有趣的地方，不是可以買到適合小說家豢養的雞，而是商品琳琅滿目到令我啼笑皆非的地步。

因為這個市集位於市中心與部落交接的地方，就文化上的意義來說，這市集體現了資本主義假文化的荒謬性。

為了做稀少觀光客跟外交官家屬的生意，大量西方「輾轉淪落」進來的貨品充斥其中，有塑膠玩偶（不可思議的，我看到一個斷了一條手的原子小金剛、尾巴跟身體分開來卻沒有人理會的哥吉拉）、各種性交造型的打火機（我嚴重懷疑是從九份流進來的）、樂利包水果飲料（好加在還沒過期）、一大堆塑膠火柴盒跑車、麥當勞隨兒童餐附贈的廉價玩具。

不過裡頭最恐怖的首推好幾盒過期的保險套。包裝紙盒上寫的是日文、還附贈一個穿著和服半露酥胸的淫娃真人相片，保存期限是阿拉伯數字，寫著一九八五年五月到期。真不可思議，難怪滿街都是活蹦亂跳的小孩。

我在許多毫不陌生的廢棄商品中試圖尋找第三世界傳說裡神祕的乾癟死人頭（據說部落戰爭裡常常將敵人的首級割下，用線將七孔縫住以囚禁敵人靈魂，然後澆上鹽水反覆曬乾後，就會縮成一個拳頭大的那種腦瓜子），雖然找到的話我也不敢買，即使帶回台灣一定酷呆了……但總想見識一下。

我發現我那了不起的老師拿起一個長方形相框端詳許久，我忍不住湊過去看。

那金屬相框裡頭有張大大的黑白照片，一個戴著小圓眼鏡、梳著中分頭的陌生男子咧開嘴巴笑著，整著人頭塞滿了畫面。

是誰的照片？有點像末代皇帝溥儀，但又更像誰都不是的那種人。

「老師，這不是甘比亞的總統吧？」我狐疑。

我在機場依稀見過甘比亞總統的玉照，那是一個穿著軍服、全身綴滿獎牌、勳章，只差沒有拿著獎狀的模範軍人。而且黑白相片裡的可是亞洲人。

「那是遺照。」老師沉吟了片刻，突然領悟。

「誰的遺照？是哪個偉大的亞洲人？陸皓東？譚嗣同？」我問，越看越不對勁。

「百分之百不是偉人的遺照。」老師篤定地說。

「幹。」我快暈倒。

好扯，一個亞洲的死老百姓的遺照竟然會飄洋過海跑到甘比亞的市集小攤上，真是什麼都能賣的好國家！死者家屬不知該作何感想。

老師將莫名其妙到有點恐怖的遺照放下後不久，我的腦袋還盤旋著陌生死者的笑容，一個正在表演忍耐力的街頭藝人吸引了我們的目光。

噴火？吞劍？喉嚨頂長槍？胸口碎大石？都不是。

這位仁兄身上插了十幾根細細長長的針，每根針大約有三十公分長，只見他賣力向周遭的觀眾吆喝著什麼，一手拿著長針一手拿著盛零錢的瓦罐，越叫越大聲。這位街頭藝人的名字我當然不知道，不過他接下來要做的事很了不起，所以讓我們抱著尊敬的心叫他阿忠吧。

一個穿著勃肯拖鞋的西方男子好奇地投下一枚硬幣，隨後拿起阿忠手中的一條長針，在身邊女友的興奮尖叫聲中試探性地慢慢刺進阿忠的左手臂！

「天啊，不會吧！」我傻眼了，立刻明白阿忠身上琳琅滿目的針是怎麼回事。

阿忠怪叫，任那西方男子將針鑽進他的手臂上，隨著針的沒入他越叫越大聲，到後來甚至有點淒厲。

圍觀的人有的不信或不能理解，一個接一個丟了硬幣到阿忠的瓦罐裡，其中一個沒穿胸罩的西方肥婆拿起針就往阿忠的大腿插，阿忠雖然沒有逃開或倒在地上打滾，但充滿痛楚的聲音卻越來越高亢，甚至還流下了眼淚。

「媽的，阿忠都不會痛嗎？」我抱起香吉士，遮住牠的眼睛不讓牠看。

然後我發覺雙腳正顫抖著。

「他會痛嗎？還是有先哈麻？還是他其實樂在其中？」老師問傑米森。

我那老師曾在人類學的課上說過一個真實案例。一個美國SM女王出了一本書講述她服務顧客的有趣經驗，有一次她幫一個男同性戀「拳交」，也就是用拳頭鑽進那男客的屁眼裡，慢慢往上鑽啊鑽的，整隻胳臂都給插了進去，要是一般人早就痛到一頭撞死，但那位男客卻神魂顛倒到不行，還要求SM女王繼續把手往上伸，直到手掌觸碰到橫膈膜、輕輕按摩著心臟為止，該男客才到達瘋狂愉快的高潮。

我在這裡舉這個例子並不是要說這世界上什麼變態的人都有，而是想說各式各樣的行為都可能讓某個特別的人感到相當愉快，就好像一個蘿蔔一個坑。也許阿忠正是這種喜歡被針插的天才！

「很不幸當然會痛，他們是靠忍耐力在賺錢的，可以說是一點技術都沒有的街頭表演。」傑米森感嘆地解釋。

「啊？」我不解。

「甘比亞人不是頂勤勞的民族，他們連特殊才藝都懶得學，也沒什麼人教他們，即使是在空中丟耍三個瓶子都會要了他們的命。」傑米森說：

「不過他們懶歸懶，倒也懶出了名堂，就是用忍耐力做表演，許多觀光客都吃這一套，錢給得不少。」

我傻眼了，真是懶到令人肅然起敬的偉大民族！

阿忠看著我，我看著阿忠，兩人的靈魂在眼神交會的瞬間擦出了火花！

「阿忠，加油。」我簡直熱淚盈眶。

於是我丟了兩盾，擦乾眼淚，拿了一根針戳進阿忠肩膀的「叮咚穴」（人體十大好穴之一），只見阿忠齜牙咧嘴地吼著，硬是承受了我這一擊。

我必須承認我再度、完全輸了。

在我針刺進阿忠肉裡的十幾秒裡，我幾乎是瞇著眼、整張臉歪歪曲曲的狀態，內心的恐懼猛獸般吞噬了我，害香吉士從手中摔了下去。

「我快受不了了，好想吐。走了吧？」我臉色一定很蒼白。

「別急，幫我照相。」老師將數位相機遞給我，然後快快樂樂地丟了好幾盾到阿忠的瓦罐裡，前前後後共插了三枚針在阿忠的後頸、腹部，還

有背部。

我想我的手震一定很嚴重，百分百將照片給拍壞了。

告別了阿忠，離開市場前我們還看到一個骨瘦如柴的高高男子站在街頭表演假裝有硬氣功的偽硬氣功，任一個西方女子在他的肚子上猛毆拳，他這種咬牙挨拳的精神雖然比不上挨針的阿忠（挨拳是瞬間的事，挨針則須忍受慢慢鑽刺的痛苦），不過仍是相當令人敬佩的硬漢。

「等等，九把刀，你手震了。」老師停下腳步，端視著手中的數位相機，語氣頗為不滿。

當時我足足花了三分鐘才說服老師別走回去繼續刺阿忠，我說我恐怕會吐了出來。

這件事直到我們回台灣後老師還是耿耿於懷，可見她老人家真是個狠角色。

1 Fishing
0 for Monsters Squatting
7 the Gambian Rivers

10

甘比亞的水蛭一吸

Fishing
for Monsters Squatting
the Gambian Rivers

左手只是輔助。

By 櫻木 花道

（湘北高中籃球隊大前鋒，自動手槍協會萬年會員）

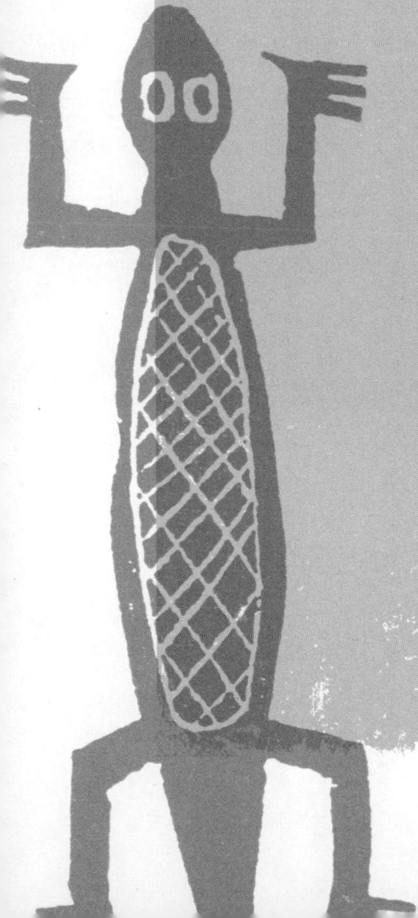

逛完市集已是傍晚。

我一個人回到茅屋，Jim 的妹妹正在外頭幫我打水，笑嘻嘻說要幫我洗腳。

我無所謂，將香吉士拴在柱子，便坐在茅屋前面一邊吹著晚風一邊讓她幫我洗腳，雖然不是什麼腳底按摩的好技術，但 Jim 小妹十分仔細地搓揉我每個腳趾，讓我覺得很舒服，但這種舒服不是「我是有錢的大老爺、正在被服侍」的感覺，而是被細心照料的一種無微不至的呵護感。好吧，我想太多了。

Jim 小妹對香吉士的出現感到很新奇，不過她的英文不大靈光，所以我很難跟她說明本人為何會透過養這隻雞得到「九把刀你好屌」這樣的讚美，更難解釋香吉士在漫畫《去吧!!稻中桌球社》裡可以是流浪漢、在漫畫《海賊王》裡卻是個愛抽菸的廚師這麼有趣又有典故的命名出處。

我撒了一把碎穀在地上，香吉士吃得津津有味，卻依舊沉默。

洗完腳，肚子餓了，不過老師跟傑米森跑去市區吃東西，據說是啃龍蝦。龍蝦沒我的份，晚餐得自己打發。

吃什麼好？

有 Jim 在的時候我根本不必煩惱，Jim 帶我吃過昂貴的烤全羊，也帶我吃過澆上生雞血的糌米飯，東西未必好吃，但只要我敢吃保證都不會餓著。

今晚 Jim 多半不會找我，早先已跟他說不必勞煩，放他一整天假。此刻我不只要解決我的胃，還得照料 Jim 小妹的可愛肚子，讓美女餓著可是大罪。

我打開背包，裡頭還珍藏著幾片蘋果麵包跟兩包維力炸醬麵，我問 Jim 小妹有沒有吃過泡麵，她天真無邪地搖搖頭，不知道是沒吃過還是不想吃。

我問她會不會肚子餓，她點點頭。

甘比亞人吃東西不是用手抓、就是用形狀不規則的手工木碗，我的櫥櫃上也有幾只大大小小的木碗，不過看起來都髒髒的，還飄著奇怪的氣味，

其中一個還是我半夜不敢出去尿尿暫時儲存的偽尿桶（我必須聲明，雖然我很怕鬼，但我怕的是穿著白衣披頭散髮具有亞洲傳統風格的鬼，我想我在這裡看不到那種鬼，但半夜出去我怕被蚊子叮，若是將將好叮在小鳥上我會痛不欲生）。

幸好龜毛如我事先跟傑米森要了幾個大大的粉紅色塑膠碗，於是將兩包泡麵拆開，乾麵塊跟配料粉一塊倒在裡頭，然後倒了些水在鐵盆子裡烤煮，確定滾開後再倒進塑膠碗裡，最後用一片芭蕉葉蓋住。

等待泡麵煮好的幾分鐘裡，Jim 小妹好奇地看著一切，我則研究著她頭髮裡有沒有蝨子。我數到第七隻時泡麵也差不多好了。

我將湯汁倒在另一個塑膠碗內，然後將維力炸醬麵的最精華「黑黑黏黏的東西」擠在麵身上，用湯匙胡亂攪拌一番，大功告成。

「一起吃吧！」我說，笑笑。

於是我們兩個開始用手撈起熱呼呼的炸醬麵，在非常愉快的氣氛下共享了炸醬麵，就像天真無邪的小情侶（？）。

我很在意 Jim 小妹會不會愛上台灣史上最強泡麵（這牽涉到民族情感），所幸炸醬麵在幾分鐘內就清潔溜溜，而 Jim 小妹也開始舔手指，顯然回味無窮，讓我十分欣慰。

台灣維力炸醬麵果然是，行！

幹掉了麵，我們點了甘比亞特殊的驅蚊薰香（有淡淡咖啡香的感覺，點火在一堆放在芭蕉葉上的褐色粉末即可，一次可燒足好幾個鐘頭），坐在茅草屋前捧著泡麵湯汁輪流喝著。

夜幕點點星垂，晚風吹來身邊女孩的髮油味，我竟有種老頭子談戀愛的溫暖錯覺。

離題一下。

我在網路上有一個 www 官方網站，兩個 BBS 個人板，其中一個位於 KKCity。KKCity 裡頭有數百個小網站，瀏覽人數最多的莫過於 Sex 花魁藝色站。顧名思義那是個很色的站，許多人在裡頭貼上五花八門的A片播放連結，或是孜孜不倦尋覓一夜情，或是分享好幾P的轟趴經驗等，花魁站可謂食色男女的好夥伴，男孩淬鍊成男人在那地方據說只要七七四十九個小時即可。

不過我要講的不是花魁站，而是瀏覽人數第二多的 Sin 天龍古堡站，裡頭有三個板我都加了快速捷徑。容我簡介。

一個是匿名的「禁斷的不倫之戀」板。從這個板許多文章中我了解到家教老師為成績不佳的學生課外指導的內容、學校老師如何對學生因材施教、哥哥與妹妹如何相親相愛、乾媽如何帶領涉世未深的乾兒子進入天堂等，比起 KKCity 的 incest 亂倫板來得不三不四得多，後者太常發表亂倫的社會學跟醫學研究報告，或甚至有衛道人士疾呼停止亂倫吧，媽的令人軟掉。

一個是熟女板。這個板蠻 KUSO 的，沒看這個板我還真不知道台灣有那麼多人對虎鳳隊隊長王蘭有性幻想、對復出演藝圈的戈偉如大表驚豔、對「台灣龍捲風」裡的每個熟女角色如數家珍。不過大家還是對小鄭當初跟莉莉在一起感到不解，顯示大家還是保有理性。

一個是 teen 板。這就是我之所以離題的重點。年輕的女孩總是能勾起垂垂老矣的二十六歲的我的美麗回憶，讓我想起我幼稚園的初戀小情人（對不起我不該忘記妳的名字！）、國小四年級暗戀的劉宜怡、國小六年級暗戀的洪菁駸。稚嫩的過往回想起來總是徒乎負負。

熱湯剛剛喝完，我也從老頭子的溫暖錯覺裡醒了過來，因為我覺得頭癢癢的，大概有幾隻不乖的小蟲子從 Jim 小妹的頭髮裡跳到我頭上。幹。

「好吃嗎？」我問，比手劃腳。

「嘻嘻。」Jim 小妹很滿足。

晚飯後我躺在床上，打開筆記型電腦隨便敲打今天發生了什麼有趣的事，只是簡單摘記，然後將數位相機裡的照片傳到電腦裡。

Jim 小妹則拿著小樹枝，坐在地上戳弄著我養在水盆裡的水蛭。

她抬頭跟我說了幾句很像英文的話，多半在問我養在盆子裡的水蛭該怎麼處置？

我低頭一瞧，那頭水蛭正依偎在一堆水草中，顯然是 Jim 小妹白天到

河裡撈來放的，大概是怕水蛭孤單單地吸在木盆子裡太無聊。真是體貼的小蘿莉。

不過我要養水蛭幹什麼？

我怎麼可能知道！太難了！一個人怎麼可能料到還沒發生的事！

一想到人類自以為自己所做的每件事都有意義，都會有後續發展，我就開始生氣。

人類真是太自以為是了。

有個理論叫混沌理論，又叫蝴蝶效應，大意是北京一隻蝴蝶振翅，說不準會引發南太平洋上的狂暴颶風。然後這理論還給拍成了電影，賣得很好。

但這個理論告訴我們什麼？

告訴我們無關痛癢的事也會引起一連串的連鎖反應然後演變成意想不到的結局？

告訴我們颶風的形成原因不是因為什麼冷熱空氣強烈對流等氣象學，

而其實是某隻蝴蝶搞的鬼？

告訴我們蝴蝶即使是無辜的，但畢竟還是某個風災的始作俑者？

「太可惡了，根本弄不清楚是哪隻蝴蝶嘛！」我忿忿不平，踢了水盆一下。

Jim 小妹不解，但我也很難跟她解釋我為什麼要養水蛭這件事。我自己都搞不清楚了。

說不定這件事還是水蛭搞的陰謀。

或許混沌理論也有個水蛭效應，句子可能是「甘比亞的水蛭一吸，台灣總統候選人就挨了兩粒花生米」這類充滿若有所思的哲理。

一直到離開甘比亞，前往機場的車上，我才知道水蛭跟我之間的關係。

水蛭效應就是這麼奇妙。

11

釣水鬼

Fishing
for Monsters Squatting
the Gambian Rivers

很久以前我就不是處女了；
在這個時代，這也不是什麼好奇怪的事。
但當時教室裡實在有太多人了，
燈也關了，該死。
害我現在男朋友問我第一次給了誰，
我都得隨便答他：
「喔我親愛的阿笠，只是單純地愛人家好嗎？」
連我自己都覺得噁心。

By 觀月 麻奈美

（日本二〇〇三年度暢銷書《援交不是病》中的女大學生主角，1983~2002）

大家一定很奇怪這本書的名字怎麼會這麼畸形，所以這一章要好好交代我的惡搞執念。不過還是照例要從很遠的地方開始講起。

嗑泡麵那天是第二次 Jim 小妹睡在我茅草屋的晚上，Jim 似乎很放心把他妹妹交給我，要不就是根本不在意。

我在《世界珍奇風俗》一書中讀到蒙古人怎麼招待遠方來的朋友，就是將自己的蒙古包跟老婆借給朋友睡一晚。蒙古人原來是遊牧民族，生性浪漫點也是應當的，但蒙古是蒙古，甘比亞是甘比亞，我是我，不能亂七八糟攪和在一塊兒。

所以我讓小妹睡在我床下，還將我的蓆子讓給她免得她受地氣侵襲而感冒，我則在有些冰涼的木板床上呼呼大睡。

我在台灣常常失眠。

不是喝咖啡上癮的關係，而是我的腦袋思慮太頻繁，常常處於思考「故事該怎麼寫」的情況，要停也停不了。這是原因之一。

原因之二是我很怕鬼，睡覺常常得背靠著牆壁（後面有鬼比前面有鬼還恐怖，被頂著牆安穩些）、點微燈（免得鬼在房間裡走來走去我卻沒發現）、放點宮崎駿動畫的鋼琴輕音樂（聽音樂比聽見鬼的腳步聲還要營養），種種天時地利人和之下我才能夠成眠。

但即使睡著了，我天生容易做夢的作家體質也讓我睡眠品質變差，運氣好些時，我會得到有點色色的美夢，但大部分的時候我運氣很背，夢的都是恐怖的、背景是世界末日的怪夢，以前一躺即睡，幾乎沒有做夢習慣的毛毛狗跟我一起睡時也會跟著發夢，根據《睡不好的十種原因》❹一書指出，這是毛毛狗的潛意識受到我高度震盪的腦波影響所致。從前也說過，小說《異夢》就是得益自我一個極度恐慌的爛夢。

❹日裔美籍的越戰英雄史蒂夫．橋本所著，耗時二十年、跨越三十間醫院的臨床報告所統整而成，推翻數羊、數豆子等傳統抗失眠的錯誤方法，付梓後引起英國數羊睡眠協會（Counting sheep for sleep org.）的嚴重示威抗議，引發熱烈的辯論。迄今已翻譯成二十餘國語言。

在台灣我難入眠，但在甘比亞我倒是睡得挺香，除了第一天晚上我都是一覺到天亮，大概是我認為台灣的鬼追不到甘比亞的關係吧。

天還沒破曉，遠方才剛露出一絲藍色微光時，Jim 就來找我。

他在門外大聲嚷嚷把我喚醒時，我嚇了一大跳，因為我看見 Jim 小妹就睡在我旁邊。

乖乖不得了，這是為什麼？我有變態到這種地步嗎？

我快速回想，完全沒有任何記憶。

人格分裂？我遠遠看著養在水桶理的水蛭，憤怒不已：「一定是你搞的鬼！是你！」

我伸出手指放在 Jim 小妹的鼻子上，好險還有呼吸，若是不小心跟蘿莉如何如何都還有死命道歉的餘地，若是不小心死了個蘿莉難道我要游泳逃回台灣？

我戒慎恐懼叫醒身邊睡到縮成一團的 Jim 小妹，她揉揉眼睛不住地跟我道歉，指著地上的香吉士，再指著自己的腳。

我大概明白了，原來是香吉士不乖，半夜裡亂啄 Jim 小妹，所以她逃難到床上來投靠我。

我拍拍臉，走出茅草屋跟興致勃勃的 Jim 打招呼，Jim 指著租來的車上問我今天想去哪裡，我說我沒特別的想法，乾脆要他給點建議。

此時 Jim 小妹牽著香吉士走出屋子，Jim 笑了出來，問我那隻雞是怎麼回事。

我突然覺得有些丟臉，因為天就要破曉了，但這隻母雞卻沒有啼，從牠呆若木雞的表情看來好像也沒有啼的打算，未免也太有個性。

「今天不管去哪裡，我都要牽著香吉士。」我說。

「什麼?你替這隻雞取了名字?」Jim 愣住。

「Sunkist，香吉士。」我重複，試著不去看 Jim 發噱的表情。

後來 Jim 開車，我坐在前座，Jim 小妹則在後頭抱著香吉士，模樣十分開心。

小妹興奮異常是可想而知的，甘比亞不是母系社會，尚年幼的小妹更是地位不高，能跟我們這樣出去亂晃讓她露出無法掩飾的開懷笑容。

三人花了一個多小時翻山越嶺來到另一個小部落，在車上據 Jim 說這裡他認識的幾個朋友有時候會搞些表演，蠻受觀光客的歡迎，建議我可以看看。

「該不會是忍耐力的表演吧？昨天在大市集上看過了。」我笑著。

「喔喔不不，是別的表演，戰鬥！戰鬥！」Jim 自信滿滿說著。

他眼中對接下來的表演頗為自負，就好像我昨夜很期待小妹會愛上維力炸醬麵的心情。

「戰鬥？生或死的那種戰鬥？」我也沾染到 Jim 的興奮。

「喔喔不不，是表演！」Jim 突然有些洩氣。我真是個壞蛋。

到了該村，那是一個居民頗多、觀光客也不少的大村，律動感強烈的牛皮鼓聲一直沒有停過，朝氣、活力，還有豐盛的食物。

還沒吃早餐的我們肚子都餓了。

「吃什麼？」我問。

「@#%$^%^&*^^%(#(&@#)！」Jim說了一個名詞。

「聽起來不賴。」我隨口說道，鬼才曉得。

十幾分鐘後，我才知道那句不明意義的字串是什麼東東，可以翻譯成「從樹上刮下來的蟲子，混著雞蛋一陣爆烤後的高蛋白質營養早餐」。

一個赤膊著上身的壯漢在路中央為大家生起熊熊大火，雙手拿著大鐵鍋不停翻滾裡頭的蟲子跟蛋，渾不怕熱，還用力吆喝，看得許多日本觀光客給了掌聲。

坦白說我並不是很喜歡吃蟲，不過爆烤過之後的蟲子的確很香，雞蛋的搭配也是相得益彰，只不過賣相差了點。

我拿起數位相機拍了幾張，打算投稿到美國麥當勞總部推薦，看看能不能取代難吃的蛋堡早餐，或成為家樂氏香甜玉米脆片的新配方。那時我就發了。

在甘比亞釣水鬼的男人

然後這一篇還是沒提到這本書為什麼會叫「在甘比亞釣水鬼的男人」，標題起錯了。

不好意思。

1 **Fishing**
2 **for Monsters Squatting**
7 **the Gambian Rivers**

12

跟死日本胖子比武

Fishing
for Monsters Squatting
the Gambian Rivers

等到我打敗你時，
我就是……能斬斷鐵的男人。

By 羅羅亞・索隆
（黃金梅利號船員，「戴草帽的」海賊一夥）

吃過了蟲，Jim帶我到村子中央觀看即將開始的比武表演。

那兒有座用圓滾木搭架的彎橋，橋下沒有水，顯然是亂搭一通，觀光性質。

橋的兩旁則是稀稀落落的觀眾，有幾個戴著草帽的日本人正盤腿吃著甜筒，令我驚訝不已，因為我敢打賭我沒看見任何一個賣甜筒的販子在這村子裡，而那些日本人也沒揹著保溫箱。

日本人果然是很了不起的，什麼都能弄到手，早安少女組的人氣王牌松浦亞彌不脫，就找了個酷似她的高樹瑪利亞拍A片。

「快開始了！要押注嗎？」Jim問我，語氣頗振奮。

「好啊，怎麼賭？」我拿出一張十盾的鈔票，小妹抱著香吉士在一旁笑嘻嘻。

「看你要押左邊出場的武士贏，還是押右邊的。」Jim露出兩排略黃的板牙笑著。

武士要等觀眾事前都押完了，才會從兩端走出來，在此之前觀眾不會知道哪一邊的武士身材較高大威猛，根本無從判斷。

「那些日本人押哪邊，我就押另一邊。」我說，對著那幾個日本觀光客微笑。

一陣急促的鼓聲後，橋的右邊走出一位全身塗滿紅色油彩的戰士，手持一把木斧，腰上佩戴著一柄歪歪曲曲的短木刀，大吼，單腳用力踏步，觀眾報以熱烈掌聲。

「我表哥！我表哥！」Jim拉著我，興奮不已，指著出現在橋的左邊的削瘦男子。

小妹也很激動，香吉士似乎感受到了，張開翅膀象徵性啼了幾聲，幾個日本人朝這邊看了過來。

木橋左邊的戰士身上塗滿綠色的油彩，手持一只看似脆弱的圓盾，另一隻手則揮舞著木製的長槍，雙腳微微跳動就像蓄勢待發的拳擊手，應該是快速靈動的那型。

「你表哥會贏嗎？我賭的是他嗎？」我問。

「你賭的是他，不過會不會贏我也不知道。」Jim 說。

「紅色的戰士代表守護這個村子的沃土精靈，綠色的戰士代表這個村子的祖靈，這場比武的勝負將由兩位精靈決定。」穿著西裝表示慎重的主持人宣佈，Jim 為我翻譯。

然後兩名戰士跳舞般鬥在一塊，紅色的壯漢怒氣騰騰，手中的木斧不斷重重砸在綠色戰士的盾牌上，發出很有魄力的撞擊聲，但誰都看得出來紅色壯漢的攻擊全都針對著盾牌，而非綠色戰士。

綠色戰士不斷在地上滾著，用盾牌擋住紅色壯漢的怒擊，長槍像蠍子尾巴般迴動、試圖螫擊壯漢，但紅色壯漢的木斧嚇嚇有風，將綠色戰士的長槍豪爽地架開，不讓得逞。

兩名戰士就這麼跳舞，你來我往，誰都沒有佔到誰的便宜。

這種比法當然不是真打，但很熱鬧，也出奇的帶動觀眾情緒。

「好啊！」我湊興大叫，即使是假的，但配合得頗有娛樂效果。

那些日本觀光客吃完了甜筒，於是鎂光燈此起彼落，很愛照相的美名果然不是蓋的。

大約過了五分鐘，綠色戰士手中的盾牌被擊飛、脫手落在橋下，紅色怒漢大吼一聲，雙手掄起木斧停在半空，停得頗久，應該正表演著「時間在勝負決定一瞬間停頓」的效果，非常有戲劇性。

怒漢眼睛看著倒在地上的綠色戰士，眼看就要劈落。

就在危急時刻，綠色戰士一個鯉魚打滾，避開了怒漢的擎天一擊，然後繞到怒漢背後，輕輕將手中的木槍往前一遞，沒入怒漢的胳肢窩裡，被緊緊夾著。

怒漢悲憤嚎叫，然後倒在橋上死了。

「我贏了吧！」我笑笑，拍手。

「是祖靈贏了！」Jim 大笑，不久後將彩金拿了給我，我讓 Jim 吃了紅，他直摟著我鬼叫。

看了還算精采的紅綠戰士互鬥後，主持人詢問有沒有人要上來跟戰士們比劃比劃，只要五十盾即可。這價錢在當地很高，顯然是專誆死觀光客

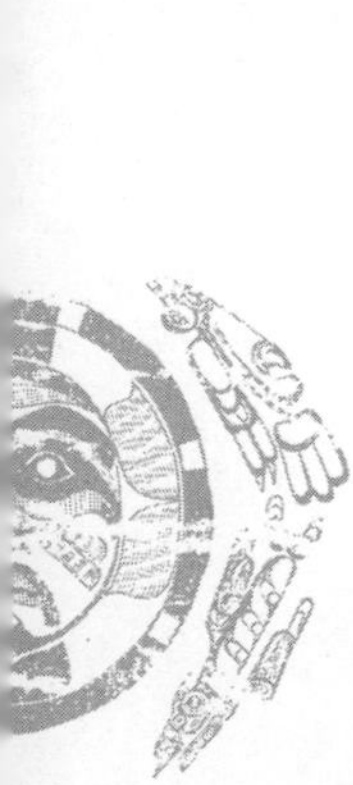

用的。

愛照相的日本人當仁不讓，一個胖胖的男子將相機交給同伴後就上場，要了那把紅色戰士的木斧，指定綠色戰士當對手。

接下來的情形就讓人作嘔了。

胖日本人怪叫著，幾乎用全身力量在揮舞那把木斧，每揮一次，全身肥肉就啪嗒啪嗒顫動一次，而綠色戰士敬業地舉起木盾抵擋，斧盾交擊時發出可怕的聲響，不管是木斧斷裂或是盾牌迸開都不奇怪。

有幾次胖日本人的木斧幾乎都要砸中綠色戰士的身子，十分危險，即便斧頭不是真的，但萬一被帶到一下，肯定要瘀青甚至骨折的。

但綠色戰士不管是滿地打滾，甚至站起來要逃，但就是不敢將長槍真的遞出，畢竟對方是付錢打擂台的大爺，總得要讓對方打得痛快，只是對方完全不留力，一副有錢人打死窮人的臭嘴臉。

Jim 的表情也很緊張，顯然這情形不常見。

我看著小妹，她已經用手掌摀住了臉，害怕地在指縫中觀戰。

「那日本胖子太過分了，我去教訓他。」我忿忿不平。

我將五十盾拿給 Jim，說我要代替那位綠色戰士出場。

Jim 瞪大眼睛，確認我的意思。我點點頭。

我在少林寺苦練多年的楊家槍沒有一日曠廢，終於要派上用場。

Jim 錯愕地跑到主持人身邊耳語一番，於是綠色戰士下場，換我上陣代打。

我一手抓起木頭盾牌，哇，這傢伙外表看起來很脆弱，但實際上沉得很，揮舞不易，幸好我在台灣有舉啞鈴的習慣（甚至舉到疝氣發作），臂力還不算差，而木製長槍則輕多了，我檢視了槍頭，完全是鈍的，挺好。

在我熱身的時候胖日本人氣喘吁吁，還微笑跟我打招呼，我也哈哈大笑先跟他握了個手，向他介紹我是從台灣來的。

「Taiwan? Good place!」胖日本人隨口亂讚。

「Taiwan, KongFu ～～」我哈哈大笑。

兩人開開心心站在一塊，讓底下的照相機捕捉一番。

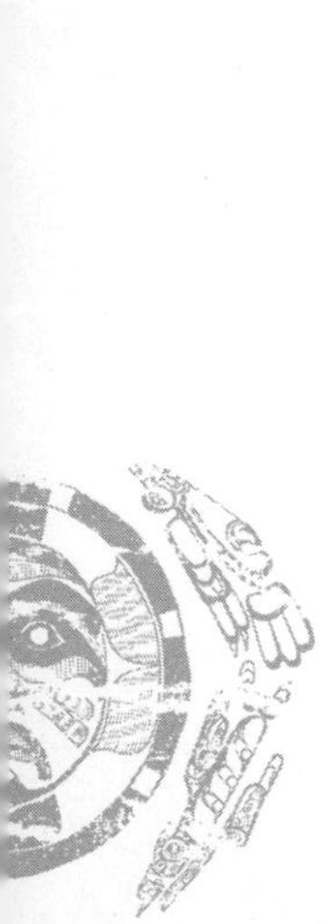

然後對決開始！

死胖子並沒有因為我的上場有所禮讓，木斧照樣重重砸落，每一下都發出結實的巨響，我的耳朵幾乎要聾掉。

盾牌很重，我的左手將盾牌盡量靠攏身體，讓身體承受大部分的震動，免得左手太早脫力報廢。

但我的右手長槍可沒有綠色戰士這麼客氣。

「呼呼呼呼呼～」死胖子漲紅了臉，獰笑，木斧又落。

「嚇！」我盾牌一格開斧頭，右手槍快速刺出，死胖子多半沒料到我會這麼快痛下毒手（誰跟你拖拖拉拉？盾牌很重！），肚子猛然被槍頭刺中。

死胖子慘叫，跪在橋上。

「你跟海門比起來，差、多、了！」我大笑，長槍毫不客氣往死胖子的背上又一刺，死胖子哎哎亂叫，連忙跳起，卻仍閃不過我苦練十年的楊家槍。

台下一片譁然，幾個日本人激動不已亂叫，好像國親聯盟在嘶吼重新驗票那般臉紅脖子粗。

「叫屁啊！」我好樂，繞著死胖子小跑步。

我又要刺他，死胖子卻認真的怕了，抓起斧頭要擋，我卻不刺，直接用掃的，命中他的屁股，像是教訓混帳小孩。

然後又一槍，掃中他的肥腰，油膩膩的觸感真差！

「多吃蔬菜啊肥佬！」我怒吼：「肉都被你吃光啦！」

死胖子丟下斧頭，幹聲連連地衝下木橋，我則舉起楊家槍接受全村的歡呼。

幸好我身邊正好沒有一副「東亞病夫」的招牌，不然我只好命令那死胖子將它給吃下去，好一報當年精武門的慘案之仇。

後來有個日本年輕人上台向我繼續挑戰，不過請各位讀者原諒我，我實在不忍將詳細過程寫出，不過海他肋骨斷裂的那個摩門特的那個嘴臉，也堪稱影響我人生十個重大表情之一。

13

割包皮的高手

Fishing
for Monsters Squatting
the Gambian Rivers

切割包皮隱含著男性彼此仇恨的象徵性儀式。
在非洲，我親眼見過五百七十二條包皮在我眼前被撕扯、切割，
統計共至少有一百六十六種不同的儀式內容。
這麼多條包皮必須配合種種繁複的古禮被割掉，
要說從不出錯是不可能的，
要說每一個儀式細節都要兼顧，
也是不可能的。
我看過太多執禮者在失手後支吾其詞的困窘、
甚至強詞奪理的荒謬。
在包皮與人體分離的瞬間，
其中必有陰謀。

By 哥本韓德根．韋伯
（德國海德堡大學人類學首席教授，1933~）

如果你對非洲這塊大陸有非凡的興趣，又碰巧讀過幾篇非洲原始部落的風情研究，你一定知道割禮是什麼。

祈雨、成年禮、婚禮、喪禮、豐年，從這五大儀式可以窺見一個民族的世界觀，身為一個死研究生，既然假借學術研究之名踏上這塊人類學家票選為「最值得吹毛求疵研究的土地第一名」的非洲，自然是要好好考察一番，也順手為大家上一堂簡單易懂的人類學課。

祈雨儀式表現了人與自然的關係，與通過什麼樣的溝通方式完成彼此的期待，從儀式的構成可以知道一個民族對神明的想像。這個部分我先前提過了，沒有在大雨過後感冒發燒是值得喝一杯慶祝的事。

然後是成年禮。

成年禮的內容五花八門，我們通常有個刻板印象，認為成年禮是針對男性而來，但其實有些成年禮只針對女性，畢竟女性青春期的生理特徵很明顯、毫不含糊，就是月經。

對於月經這檔事，有些印第安人視之為邪靈附身，非要初潮來臨的女孩獨居在山裡兩三年、淨淨身，腳底板跟手心還要裹上厚厚的麻布，免得髒了土地為禍眾人；但在另外一群不同地帶的印第安人的眼中，月經初來臨的女孩具有治療的神奇能力，祭司還得在月光下好好讚嘆她們一番。

但月經就是月經，企圖對月經做任何文化上的解釋都不會改變月經是一團血的事實。這些解釋可謂「社會性的解釋」，社會性解釋的方式凸顯出某些種族的想像力，與文化的發展基礎。

成年禮的時間也沒有真理上的確定意義，在台灣，你一旦滿十八歲，政府便承認你是個敢作敢當的漢子，讓你可以考駕照，也可以申請現金卡刷到父母氣到炸掉，但萬一殺了人就不能進少年法庭管訓了事，要槍斃的，所以大部分過了十八歲的台灣人都成了膽小鬼。

至於在部分無法停止跟他族戰鬥的原始部落，族人對一個人是否夠資格稱為成年，得好好考察他的戰鬥能力。於是族人鞭打他、要他扛石頭走路、跟野獸對峙，或乾脆割下他的手指頭掛在他的脖子上以激起榮譽感，勞其筋骨苦其心智，殷殷盼盼這孩子將來能成為第一流的殺人兇手。

有些原始部落就和氣多了，或者說他們的文化並不著重在戰爭上。他們對一個人是否成年的資格，是視他能否完整地跳完一首祭神舞蹈、或是在一定期限內捕獲一定量的白帶魚。輕鬆多了吧？如果這個部落不巧生在上一段的部落旁邊，沒幾個月就要遭殃。不過我們可以知道，在這類和平的部落，要承認一個人是否成年的年紀，理所當然要比戰鬥性的部落要早一些，因為學會跳舞比學會殺人總是要容易點。因此我們知道「成熟」的定義並非生理性的，而是「社會性」的。

在非洲，成年禮中最普遍的形式可能是割禮。

割禮儀式表現人對於自身成長階段如何做出截然果斷的劃分，果斷到必須切除身體的一部分才能算數，因此是很講究的，畢竟祈雨不會痛、婚禮不會痛、喪禮不會痛，可是割禮很痛很痛！

割禮對女生來說，就是割除性器官的外陰蒂，所幸並非所有的非洲部落都奉行這樣的儀式。這種殘忍的割禮據說會使女性喪失自己手淫達到高潮的機率，所以應該是男人掌權下的集體陰謀。割陰蒂的過程也格外觸目驚心，近年來有許多女性主義者大力疾呼非洲部落廢除這項儀式，甚至要求非洲政府立法禁止。是應該如此，光聽就很痛了。

割禮對男生來說就簡單多了，就是割包皮。猶太人在小孩子一出生就會拿剪刀將嬰兒的包皮給切掉，象徵切除不潔。非洲人因為人種太多導致人多口雜，對割包皮的時間點眾說紛紜、各自表述，有的認為十歲割包皮後就算成年，有的認為十五歲割包皮才算好漢，有的堅持結婚當天割包皮才是王道（新婚之夜想必痛不欲生吧！）。這些也是社會性的解釋。

不只是割包皮的時機問題，大家對要怎麼割包皮才能表現出受害者的英勇也是你說你的、我幹我的，有的人要炙得火紅的小砍刀，有的跟西方人借剪刀，有的堅持用祖先頭蓋骨磨成的刀子，有的則很不講究的用宴會營火旁的碎石。

Jim 在比武表演後，跟我搖著芭蕉葉在樹下乘涼。

「你割包皮了嗎？」我問 Jim，他點點頭。

「三個月前才割的。」Jim有些靦腆。

「很痛吧？」我問，真是廢話。

「的確。」Jim的表情居然有些害怕。

「哈哈，不過你不是已經十七歲了，這樣的年紀才舉行成年禮會不會太晚熟了？」我問，就我知道這把年紀才切包皮在非洲來說算是蠻晚的。

「沒辦法，因為我爸爸的姓氏是阿圖奇，掌管阿圖奇姓氏的精靈是西風之子特古奇拉，所以要等到貓頭鷹停在我家門檫上一夜之後，我才能割掉包皮。」Jim一副往事不堪回首。

「原來是這樣，所以貓頭鷹三個月前才去你家報到？」我點點頭。

Jim身處的部落對成熟的定義還真是懶惰，居然是占卜性質，如果貓頭鷹等Jim七十歲才飛到他家的門檫，Jim不就那時才要割掉皺巴巴的包皮？

「可不是嗎？牠如果在我爸爸死掉之前來報到的話，我割包皮會好過一些。」Jim嘆氣，十分懊喪。

他看著遠方，但不像在思念亡父。

「嗯？」我不懂，只等著 Jim 將話說完。

「按照規定，我的包皮是要由我爸爸動手割的，不過我爸爸過世後，我就得親自動手，實在令人困擾。」Jim 嘆氣。

我睜大眼睛，當真是令人困擾。那不是跟《異夢》裡的佐伯京子一樣了嗎？

「別人不能代勞？非得自己來不可？」我眼珠子都快滾出來了。

「可不是？雖然我知道你們瞧不起我們凡事都按照規定來，但規定就是規定，我想你們也有自己的規定吧。總之要割包皮的那天，我先叫我弟弟幫我將包皮使勁拉長，然後塗上一層油膏在上面止疼，但我怕，所以還是先吃了麻藥，然後再用刀子切下。」Jim 說著說著，索性拉開褲子，讓我看看他成為男人的代價。

Jim 說，第一刀他沒使盡全力，因為心怯，加上吃了麻藥視線有些不清，怕一個閃失將小鳥整隻剁掉，所以沒將包皮完全斬掉。怎辦？

這種事大概是人生中最不能半途而廢的十件事之首吧，Jim只好再接再厲揮下第二刀，這才將包皮的另一端斜斜劈開。

所以Jim的小鳥龜頭，在造型上看起來有些怪怪的。

「真勇敢，我是說真的。」我輕輕彈了一下Jim的龜頭，表示敬意。

Jim大概以為彈龜頭是國際禮儀，只是全身縮了一下，並沒有反抗。

「你呢？你應該割了吧？是你們的醫生割的？還是父母？」Jim問我。

我淡淡地搖頭。

對於割包皮，我是敬謝不敏的。

自從我在報紙上的醫藥新知裡看見「包皮可用作口腔癌的皮膚修補用」後，我才了解萬一有一天你得了口腔癌，喉嚨裡的皮膚會少了一大片，這時你必須從你的屁股或是大腿內側（毛稀少甚至沒有的雪白地帶，也就是非角質化的部分）割一片下來，往喉嚨裡縫做治療。

包皮正巧也是非角質化的皮膚，很珍貴的，除了平時幫主人藏污納垢之外，它還兼具了被縫在喉嚨裡的特異功能。

雖然我在我的人生規劃裡並沒有「我在XX歲時，立志要得口腔癌」這個項目，但萬一不幸中鏢，我養皮千日縫在一朝，包皮正好派上用場。誰願意跟別人討包皮縫在自己的嘴巴裡呢？萬一你用的是好友大義捐贈的包皮，每見一次面好友都拍拍你的肩膀要你打開嘴巴，說：「九把刀！張開嘴巴！我要瞧瞧我的包皮在裡頭過得好不好！」你不會想死嗎？

「所以我的包皮大有妙處，我得一直留著。」我解釋，Jim似懂非懂地看著我。

然後我想起了Jim那幾個小弟。

我跟Jim說，哪一天夜裡調皮的貓頭鷹飛到他們家門樑上，他的小弟們就得自個兒剪掉包皮，個個都是小英雄，請代我向他們致意。

「你誤會了，貓頭鷹是針對我，也就是家裡的長子來的。次子跟其他排行的各有不同的動物來代表，像我八歲的弟弟，他去年就自己剪了包皮，是我們家最早成為男人的成員，因為有五隻蝸牛同時出現在門板上，這就是徵兆。」Jim說。

我一點都不敢想像，一個七歲的小男孩是怎麼剪掉自己包皮的，那場面一定是哭天搶地，令人拍案叫絕。

Jim 早死的老爹，你真是害人不淺啊！

「你想看割包皮嗎？」Jim 突然問我。

「有得看嗎？」我猛然抬頭。

「很多觀光客都喜歡看，研究者更喜歡看，所以不難打聽。不過要收錢的，拍照也要另外加錢。」Jim 把話說在前頭，免得我掏錢時覺得自己上當。

但我是這種吝嗇的人嗎？這種超痛的儀式，收點錢當然是理所當然啊！

「要多少錢？」我問，打算就這麼幹。

「跟祈雨差不多。」Jim 說。

真是數學差勁的民族。

包皮只有一條，但雨可以祈很多次，下也下不完。

「行的，我還會多給。」我說。

接著Jim就叫他表哥（那位拿著盾牌的綠色戰士）靠他的人際關係在這個村子裡問問，看有沒有割禮是今天或最近要舉行的，還特別講明有人願意付錢觀看。

表哥點點頭，高興地說我是他的朋友，他一定會幫我找到願意割包皮的人，我連忙搖手，說我只想看恰恰好要割的人，可不要因為我願意花錢就刻意找個還不到時辰收割的倒楣鬼，不然我會很內疚。

表哥說他了解，叫我放一百個心，跑走了。不過我看他還是不了解。

就這樣。

一個小時後，我就站在一條過時的包莖前，錯愕地拿著大剪刀……

14

喀嚓！

Fishing
for Monsters Squatting
the Gambian Rivers

從此聖誕老人在一年一度的夜裡，

駕著幽靈麋鹿車，

跳進煙囪裡獵取不乖小孩的靈魂，

唉，如果當初那些小孩子沒有使盡種種卑鄙的手段

虐待聖誕老人就好了，

就不會讓百年後的無數不乖小朋友遭到聖誕老人的毒手。

唉，冤冤相報，這又何苦呢？

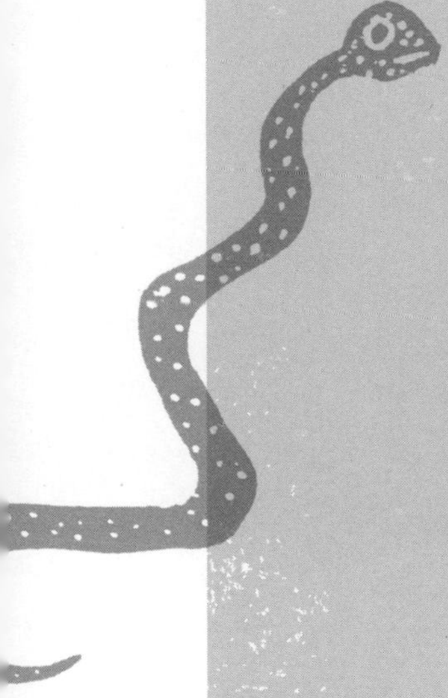

By 王國

（小說《哈棒傳奇》節錄。哈棒的僕人，獵殺聖誕老人的幫兇，1978~）

有鑑於上一篇的篇名叫「割包皮的高手」，可是卻還沒真的割到包皮，我在此鄭重致歉。為了慎重其事，我將這篇的名字取作「喀嚓！」，意味著切掉包皮那一瞬間的感動，跟不再離題的覺悟。

「那是他，他今天碰巧要舉行割禮。」Jim 的表哥，綠戰士說道。

村落廣場旁，一間頗大的茅草屋前，一個肚子鼓鼓的中年男子坐在長條椅子上，抽著遠遠就令人嗆鼻的厚重菸草，被一群好事的人給圍住。

我實在是不能接受。

「是那個男子嗎？肚子很大那個？」我很想停下腳步，但身旁兩人一直簇擁著我。

「是的，他的姓氏叫齊歌妹，祖靈是蜈蚣精靈的義子，所以剛剛蜈蚣出現在他家的大甕裡時，就註定了他今天要成為蜈蚣精靈認可的男人。」綠戰士說，Jim 翻譯著。

我頭很暈，似乎已經騎虎難下了。

但騎虎難下的人似乎不只我一個。

那位看起來四十多歲的肥肚子男人，手裡抓著的細線綁著一條號稱剛剛在甕裡抓到的蜈蚣，蜈蚣很小，身子抽動。

肥肚子臉色並不頂好，可說是頗為無奈。

「是不是真的啊？」我說的每個字都很艱辛。

我實在不想因為我想看割禮，就有人自告奮勇要割他的陳年包皮給我看。

他窮，想賺錢，可以理解。

但我可不是愛看人割包皮的變態。

「那條蜈蚣就是鐵證，蜈蚣精靈的安排就跟多第里思山[5]一樣，重得不可更改。」Jim說，拍拍我的背，大聲地向圍觀看好戲的眾人介紹我尊貴的死研究生身分。

圍觀的眾人不停地點頭，議論紛紛。

我的臉一定紅得滾燙。

「如果我現在轉頭就走，那個男人是不是還是得割自己的包皮？」我深深吸了口氣。

「啊？可是你不是想看的嗎？」Jim 訝異。

「既然蜈蚣精靈的安排就跟那座山一樣有夠重，重到不可更改，那麼我走了也沒關係吧？他割他的吧，我突然不想看了。」我搖搖晃晃的說。

Jim 大吃一驚，連忙拉著我，疾呼不可以這樣，那樣的話就……

「就怎樣？我聽不懂。」我豎耳傾聽，但真的聽不懂 Jim 在說什麼。

他似乎不想將話語翻成英文，又來不及說謊，所以乾脆說了一大串我聽不懂的土話，好讓我摸不著邊際，但他的語氣急迫、無奈，好像我犯了什麼大錯。

我中計了！

百分之百，這是個強迫別人付錢看斬包皮的局！

「幹，隨便啦！」我投降，要割就割吧！

---

❺甘比亞境內第一高山。

割死你！

當時我真有一種被丟進流沙裡游泳的感覺，而且是被信任的好友當著我的面踹進去的背叛感。

為什麼我要看！為什麼我一定要看這老男人割包皮！

我發誓，Jim，我一定要報仇！要知道惹火作家的代價是很高的！

接下來，在眾人鼓譟之下，肥肚子男人脫掉了褲子，周遭的女人一個也沒有迴避，還高談闊論了好一番，要是脫褲子的人是我，我該有多麼的想死！

看著肥肚子男人胯下的那頭老包莖，我的心情好多了。因為小鳥被眾人如此品頭論足的他，心裡一定是很機歪吧，看著他飽受風霜的奸詐嘴臉，我嘆了一口氣。

「真是服了你。早不割，晚不割，等待四十年的你今天終於下定決心。」我拿出五十盾，交給了Jim。

臨時串通好的割禮當然沒什麼排場，不過刀子無論如何都還是有一把。

那是把柴刀。

不消說，上面也是鏽跡斑斑，好不爽快。

「在蜈蚣精靈還是他的祖靈的安排裡，他的包皮應該要怎麼割的好？」我問：「是村子裡有智慧的智者，還是他的父兄？母舅？還是跟你一樣，得自己來？」

「這我可不懂，我問問看。」Jim隨即跟綠色戰士討論了起來。

此時肥肚子男子卻直盯著我瞧，瞧得我渾身不自在。

「我表哥說，蜈蚣精靈安排的規矩是，他可以指定任何一個想替他割包皮的人為他割包皮，通常是他眼中最尊敬的長輩，或是村子裡的英雄，這樣他會感到很榮幸，蜈蚣精靈也會禮讚他。」Jim說，我卻感到渾身發毛。

我原本就是個膽子很小的人，此時此刻更是感到一股寒意襲上背脊。

果不其然，肥肚子男子站了起來，畢恭畢敬地將柴刀遞了給我。

我勉強接了，誰都看得出柴刀在顫抖。

「幹你娘咧我何德何能？」我用台語幹罵著，臉色和善。

我轉頭看著Jim，Jim也感到訝異，隨即問了身邊的人。

他跟我說肥肚子男子認為我初到該村，蜈蚣就爬進了他家的大甕，顯然是他命中註定的貴人，要不是我，他也不會在今日成為被大家認證的男人，在村子裡的地位從包皮斷掉開始就會大大提高，他也才有資格娶第二個老婆。

「這樣啊？幹你娘喔～～～呵呵呵呵～」我心底完全傻了，臉上卻笑得厲害。

眾人一陣吆喝，一個女人急急地跑了過來，大家趕忙讓了條縫讓她進來。

女人拿著一只木碗，裡頭藥草辛辣得刺鼻，肥肚子男子挖了滿手指藥草塗在皺皺的包皮上，然後嘴裡含著剛剛從樹上拔下的大片不知名葉子，大概是麻藥。

一個似乎精通割包皮的老人蹲下，幹練地拉住肥肚子男子的包皮，一扯，再扯，然後將緊繃的包皮按在一個木樁上，拿起一個釘子，叮咚一聲將包皮前端釘在樁上。

整個釘包皮的過程我都喪失意識地看著，完全來不及反應。

等到我抬頭，才看見肥肚子男子咬著牙、漲紅著臉的硬漢模樣，整團頭髮都要豎起來了。

「大家都在等你呢。」Jim 大聲鼓舞著我，說叫我別客氣，一刀下去就對了！

「Jim！你釣過水鬼嗎？」我微笑，看著 Jim。

「啊？我聽不懂！」Jim 搖搖頭，要我快一點。

但我實在無法說服自己就這麼爽快的砍下去！我很怕砍歪了或是砍短了，把雞巴給切掉了。

切雞巴賠雞巴，我可賠不起。

但肥肚子男子的臉色越來越難看，豆大的汗珠不斷自額上、鼻上、臉

頰滾落，眼睛裡充滿血絲。

他的忍耐已經快到了極限，跟醬爆一樣就快要爆了，隨時可能從我的手中奪回柴刀自割！

「快！我要剪刀！」我大聲說，比手劃腳。

剛剛那位拿藥碗衝來的女人拔身而起！飛快衝出人群！

「一定要剪刀嗎？」Jim 著急地問，那種包皮極度拉扯的痛苦他三個月前才受過，絕對能設身處地。

「一定！」我堅持。

要不切短了，拿你的雞巴來賠要不要！

肥肚子男子五官扭曲，原本大嚼有麻醉療效葉片的嘴巴也停了，緊緊咬牙，我完全感受到他全身神經正快速收縮著，肌肉也繃緊，似乎一個放鬆，包皮就會硬生生「啪！」斷裂。

我很抱歉，但，沒辦法，最多我再貼五十盾給你。

畢竟，我也是個有堅持的男人。

有所堅持的男人才能活出自己的格調，有格調的男人，每個女人都喜歡。

肥肚子男子焦躁又瀕臨抓狂的情緒快速在方圓十公尺內渲染開來。

一個小孩子哭了。

一個胖大女人掩面不忍卒睹。

蹲在地上負責釘包皮的老人假裝在想事情。

Jim 小妹太用力抱著香吉士，香吉士痛苦地喔喔叫。

然後第二個、第三個小孩子也哭了。

眾人都感到瘋狂難受。

「*^^$$##$&*)(!!~~~~!!)bibi～～」女人高高舉著剪刀，以跑百米的速度衝進人群！

那剪刀如同奧運聖火！眾人慌亂地叫囂，迅速將聖火～喔不！剪刀！傳到我的手上！

好。

「喔喔喔喔喔喔喔喔喔喔～～～」我拿穩剪刀，大叫，眾人紛紛興奮叫好。

然後就是這篇文章的標題，喀嚓！

我已經忘記那是什麼樣的觸感，因為我壓根就不想記得。

肥肚子男子振臂狂呼，大概是整頭人都瘋掉了。

「做得很好！做得很好！」Jim 啦啦啦的手舞足蹈。

「很好很好，很好很好。」我淡淡地回應，將剪刀歸還給女子，女子卻不住地彎腰稱謝，真不知在謝個屁。

正當我接受眾人的歡呼時，我的眼角瞥見釘包皮專家鬼鬼祟祟在進行著什麼。

專家小心翼翼將包皮放在清水裡洗一洗，將辛辣的麻藥洗掉，然後好整以暇放在兩片厚實的葉子裡，用線捆一捆，然後吐了一口口水。

接下來大概在場的所有人都朝著包皮吐了口口水，臉上還故意擠出嫌惡之色，表示附在包皮上的厄運或是惡靈之類的壞東西從此離開，再也影響不到肥肚子男子了。

最後，不可避免的，專家將包皮遞到我面前，露出黑色又殘缺的牙齒笑笑。

「你應當留下的！你夠資格！」Jim用力拍手，大家也跟著拍手。

我誠惶誠恐地接下這片由我九把刀親自剪斷的包皮，差點沒有喜極而泣。

當時我心想，也好，就把它帶回台灣，將這塊珍貴的陳年包皮當作本遊記的抽獎禮物，送給幸運的讀者。也許哪位讀者不巧得了口腔癌，這塊包皮正好救急，那該是多麼可遇不可求的幸運啊！

「一念天堂，一念地獄。」我心想，拿著包皮。以後我再也不想花錢看儀式了。

此時，圍觀的人群裡有個抱了個嬰兒吸奶的女人靠了過來，唏哩呼嚕跟我講了一串話。

「她問你，明天要不要參加她弟弟的婚禮，她說你會是個貴賓，你能

去的話，婚禮會變得隆重。」Jim 翻譯。

「要割新郎的包皮嗎？」我有點腿軟。

「哈哈哈哈，不會的，要去嗎？」Jim 大笑，將我的話大聲翻譯出來，全場捧腹大笑。

「行。」我舉起包皮，靦腆地接受邀約了。

1 **Fishing**
6 **for Monsters Squatting**
5 **the Gambian Rivers**

15

坐地起價的婚禮

Fishing
for Monsters Squatting
the Gambian Rivers

婚姻是人類合法性交換體液的
社會底層共識之儀式建立的共契。
亂倫是人類錯判可供合法性體液交換的譜系下
所恣意進行的體液交換。
強姦是人類過度遂行自我意識並
強迫他人進行體液交換的非合法性的體液錯置。

By 彼得．W．米德

（美國印第安那威康圖書館館長、社區雜誌專欄主筆，1954~）

看完了割包皮，讓我們回到部落儀式的人類學課。不上點課，你翻完這本書只會覺得肚子疼而已，腦子裡卻只有一張皮。

說到部落儀式，其實這些儀式當然並不是原始部落所獨有，婚喪喜慶乃至成年禮在每個人類社會都存在，只是有些人類學家認為原始社會的儀式是最初的、甚少經過演變的單純形式，例如法國社會學家大師涂爾幹就是這類主張的佼佼者，他跑到澳洲研究土著的圖騰與巫術，就是想了解人類集體生活與宗教的「起源」。研究它們有助了解人類的基本生活形態之構成。

但這個見解被另一群人類學家所不齒，他們覺得妄自論斷甲地的宗教初始狀態是乙地的原始宗教，根本是毫無道理的。《文化人類學》的作者潘乃德認為研究原始社會的目的，在於了解人類文化的種種可能，他認為文化好像一個大拼盤，拼盤上有許多項目諸如征戰、和平、集體、自私等，但每個聚落不可能每個項目都發展得很完滿，大多只是針對其中某一個項目不斷精進，所以每個人類社會的主題都不會一樣，價值演化的過程與終點站自然也殊異。例如中國人著重儒家，於是我們講究君臣倫理、疾呼兄友弟恭，美國人則對民主瘋狂著迷，著迷到如果哪個國家不民主便要射飛彈過去。

婚禮，則是兩大家族（甚至是兩個部落）開始產生綿綿不絕關係的起點，這部分倒是與現代社會相似。

餵奶女人的弟弟，是個看似忠厚老實的胖子。

在甘比亞，胖子不多，但不代表好吃懶做就是有錢人的特徵。

大白天一早，我們就驅車回到這個村莊，卻沒有嗅到婚禮喜氣洋洋的氣氛，沒有迎娶新娘的隊伍（我期待看見很多隻羊或是牛的排場），也沒有人全身塗抹奇怪的顏料唱歌跳舞，只是人潮比昨天要多了些。

我想起我那老師昨晚跟我一起烤羊時說的話，她叫我小心點別被騙了，她看過許多人類學者的旅遊雜記，有許多人類學家在當地參加婚禮，

不小心觸犯了禁忌（這些禁忌往往是居民設下的圈套，這些圈套的特點就是你一定會觸犯），結果被迫迎娶坐在一旁歌唱的女子、或是新娘的姊妹，從此便在異鄉組了個莫名其妙的小家庭，還生了小鬼，最後還得了憂鬱症。

「九把刀，如果發生這樣的事，有什麼話要我帶回台灣的？」老師的語氣很冷淡。

「把我救出去，我們連夜飛回台灣。」我說，拿著大刷子刷羊。

傑米森在一旁幫腔，他說他認識一個考古學的前輩，某天前輩參加村長兒子隆重的婚禮，還被奉為上賓，不料那年村子大豐收，引起敵村的覬覦，於是婚禮大宴當晚敵村的人來搶親、順便搜刮財物，一時之間矛來箭往，眾人混戰之際該前輩躲進新娘的帳篷避難，等到敵村的人被趕跑，前輩從帳篷裡如釋重負走出，卻被巫師指責他趁著方才的混亂與新娘通姦。

「這麼倒楣？結果他娶了新娘？」我發笑。

「不，結果他的腿被打斷了，胸口還被刺上詛咒，詛咒他若是踏進新娘十步之內的距離，就會全身腐爛而死，一年之內若是離村，也會全身腐爛而死。」傑米森語重心長地說：「他的腿被打斷，他的同伴全都在一旁觀看，沒有人敢插手，因為被十幾支弓箭圍住可不是鬧著玩的。」

「那他後來怎辦？連夜逃走？」我嘴巴張大。

「怎麼逃？他被詛咒了啊，要當一年期限的奴隸。他可是乖乖地待在村子裡，飽受虐待啊。」傑米森陰氣森森地說。

「幹，他真相信那種詛咒？」我呆掉。

「小子，在非洲，沒有不可能的事。」傑米森專注地烤羊，臉孔被火光映得通紅。

不過我還是來到婚禮。

應該說我膽子大？不，我是出了名的膽小鬼。所以我是無聊的好事之徒，很多事我不見棺材不掉淚，船到橋頭自然直。

我跟 Jim、Jim 小妹來到餵奶女人家敲門，門打開，她蓬頭垢面拖著她號稱今日要結婚的弟弟，我說過了，是個大胖子。

女人嘰嘰喳喳講了好些話，好像是在責罵她弟弟，她弟弟也點頭表示同意。

「她弟弟是個不務正業的敗家子，母親死後就跟著她住，吃她的用她的，最近她老公實在看不下去了，非要趕她弟弟走不可。」Jim 翻譯。

「嗯，早點結婚也是好的。」我笑笑，拍拍胖新郎的肚子。

「不過對象還沒有著落，她弟弟的懶惰可是遠近馳名的。」Jim 翻譯，胖新郎打了個呵欠。

「還沒有著落？今天不就是婚禮？」我嚇一跳。

「是的，今天的確是婚禮，因為今天是這個村子的三大守護精靈之一，三片葉精靈圖渣渣爾的生日，所以是個好日子，今天村子要舉行婚禮的人可不少。」Jim 直接解釋給我聽。

「嗯，我大概能夠理解了。」我說。

我將婚禮的形式想像成東方的迎娶或西方的公證，大概犯了先入為主的大忌，照 Jim 的說法，甘比亞人的婚禮，或是甘比亞這個部落的婚禮，是日子先定、然後當天擇偶當天結婚的，一次搞定毫不拖泥帶水。

「不過，既然令弟是這樣遠近馳名的懶惰貨色，有哪個女孩子要呢？」我好奇。

「是啊，所以需要你的幫忙。」Jim 又翻譯。

我渾身發冷。

是個圈套！

甘比亞人真不能小覷！一個不留神被騙也就算了，我全神戒備還是著了道！

「怎麼個幫法？」我深深吸了口氣。

「你是個貴賓，昨天不僅幫忙我表哥不受到觀光客欺侮，又接受認證剪了包皮，大家都信任你，就請你幫她弟弟說幾句好聽話，這樣她弟弟一定賣得出去。」Jim 欣羨地看著我。

餵奶女人喜孜孜地拉著胖新郎，胖新郎則羞澀地向我道謝。

後來我才知道，能夠擔任一個準新郎的「推薦人」是德高望重的，推

薦人本身也感到很光彩，其道理就跟賽神豬的飼養人臉上有光是一樣的。

「交給我。」我擠出一個笑容。

到了中午，我吃著昨晚刻意留下的半隻羊腿，一邊坐在村子廣場中觀看新郎拍賣的公開儀式。

那天真是個好日子，這點我倒沒受騙。許多新郎輪番站在竹搭子上，有的我瞧比Jim年輕，有的甚至一臉稚氣，有的老成持重，有的根本就是中年痴漢，來此拍賣自己娶得第二或第三個老婆。

台下則坐滿了未出嫁的女子及其家屬，你一言我一語十分吵雜，像極了漁市場中喊標黑鮪魚的行家。據了解今天雖是結婚的好日子，但女方也未必急著嫁掉，端看新郎的價值而定。

每個新郎都有「推薦人」為其助講，推薦人絕大多數是老者（不分男女），在竹搭子上大大宣揚新郎的種種好處，身子壯健是一定要的，勤勞是一定要的，家裡有錢也是一定要的，不過重點還是擺在新郎的姓氏跟血統，例如是某某精靈認可的、祖先做過什麼樣的好事、祖靈在固有神話中佔有什麼樣的角色等。

有時推薦人說完，惹得廣場台下一陣毫不給面子的笑罵，出的價碼竟是幾粒雞蛋，但明明新郎就長得一表人才。有時推薦人才說沒幾句，台下的女方家屬就開始出價競標新郎，奇貨可居（了不起的祖靈姓氏早已如雷貫耳），最高出到兩頭羊加上一隻雞，新郎的祖先真是積德不小。

「換你了！」Jim 說。

我拍拍臉，振奮精神。

Jim 小妹嘻嘻笑看著我，我微笑回應。

放心！這場面我從台灣的選舉看多了，難不倒全世界最懂選舉的台灣人！

我站在台上，拍拍以懶惰惡名天下的胖新郎，Jim 則緊張地在我身邊翻譯。

大家都靜了下來，拭目以待。畢竟一個亞洲人千里迢迢來貴村割了條包皮，現在又不辭勞苦趕來拍賣一頭豬，絕對是極其罕見的妙。

我清了清喉嚨。

「我！Giddens！Nine Blades！」我大聲介紹自己：「來自亞洲，是全亞洲最厲害的作家！很高興站在這裡！」

大家點點頭表示理解，有人在底下竊竊私語，多半在講述昨天我割包皮、差點逼瘋眾人的傳奇故事。

「對了Jim，新郎的姓氏叫？」我轉過頭，想起這件重要的事居然沒問。

「阿踏阿！」Jim扯開喉嚨宣佈，算是答了我。

「阿踏阿！多麼勇敢的名字！」我仰望著天，大叫：「在遙遠的亞洲國家，阿踏阿這名字代表了豬！而且是一頭非常勇敢的豬！」

Jim愣了一下，但還是大聲為我翻譯。

大家譁然。

「大家說，對不對！」我舉起雙手，熱情地喊著。

大家啞口無言，真是沒受過訓練的一群。

「阿踏阿！連亞洲都知曉的名字！我們的總統還曾獎賞過當時最大的豬！封為豬神！那頭豬真是了不起啊！大家說，對不對！」我熱情澎湃，高高舉起胖新郎的手。

大家摸不著頭緒，不過個個都難掩得意之色。

甘比亞一頭豬的名字，竟然飄洋過海，被整個亞洲所認識，還真為甘比亞人爭一口氣。

「亞洲最偉大的一頭豬！曾在一千多年前！跟亞洲最偉大的猴子！跟亞洲最偉大的光頭巫師！一起冒險！戰鬥！走了一千公里！最後擊退了一千個惡靈！拿到了歷史上最偉大的咒語！」我奮力吼著，再次高高舉起胖新郎的手，大叫：「大家說，對不對！」

Jim一翻譯完，全場歡聲雷動嘖嘖稱奇，準新娘家屬紛紛現場下單競價，最後甘比亞史上最揚名天下的豬，以五頭半羊成交！

「你真是太神奇了！」Jim高興抱著我，他知道只要抱著我他的地位就能提高些。

羊。

餵奶女人高興地哭了，她大概死都想不到她弟弟居然值得了五頭半

我呢？當然很有成就感，我從來不知道自己原來這麼適合拍賣豬，如果以後有總統候選人苦苦拿銀子砸我、求我站台，我保證將他以高票賣掉。

拍賣結束後已經快黃昏了，該部落共計成交了十一位新郎，真是不小的收穫。

值得紀念的一天。

1 **Fishing**
7 **for Monsters Squatting**
9 **the Gambian Rivers**

16

吃掉爸爸

Fishing
for Monsters Squatting
the Gambian Rivers

一個人的人生如果跟其他大部分的人一樣，
那就是一種周而復始。
每個人都在重複另一個人的人生，
重複著上學、重複著交朋友、重複著買車買房子、
重複著結婚生子、重複著變成其他上億個差不多的人生，
連笑都重複了，
連哭都重複了，
你覺得這不是一種周而復始嗎？

By 張穎如
（小說《樓下的房客》節錄，棄屍專家）

讓我們繼續上課。

還沒介紹的重要部落儀式還有豐年祭，與喪禮。

豐年慶典本來不值得一提，只不過我想起了《文化模式》這一本人類學的經典，裡頭描述的豐年儀式有些相當有趣。有個部落特喜歡在慶典上大肆毀壞珍貴的物資，以彰顯自己的富足，例如將黃金首飾或是巨大的貝殼丟進火堆裡（臉上還要裝出這些東西不過是我家產的九牛一毛的表情），或是將捕魚的船隻一把火燒掉等等。從豐年慶典中我們可以知道一個部落能夠有多瘋狂。

在甘比亞，我無緣趕上雨季過後的農作物大豐收，也沒趕上部落戰爭後的勝利大慶祝，所以豐年慶典是沒法子多加詳述。

倒是路過了一場哀傷的喪禮。

喪禮則尤其能表達一個部落對神靈、不可解力量的信仰方向。簡單說就是處理死人的方式依民族喜好各有不同，最有名的死人處理法莫過於古埃及人的乾製屍體，也就是木乃伊。

多虧地廣人多，中國人在喪禮上所表現的創意算是多采多姿，將死者埋進土裡、放火燒掉、任意放在地上餵禿鷹、將棺木插進懸崖、丟進海裡餵魚，或是貼個符咒在死者額頭上喚他跳來跳去成了免費的勞動力等，不過這些處理死者的把戲，在無所不用其極的非洲大陸上，都只算是創意貧瘠的手法。

要知道甘比亞有五十多個大大小小的部落，處理死者的方式也可能多達五十多種，非常不團結。

參加婚禮的前一晚，我們開車回我住的村子時，碰巧在路邊遇到一場進行到一半的喪禮，Jim大概應付觀光客多了，也沒問我就將車子停下。

「那邊有場喪禮。」Jim指著路邊，Jim小妹在車後搖下窗子，探頭張望。

幾個表情肅穆的男女將死者圍住，嘴裡正唱著歌，聲音很低很低，但依照聲波學，相同能量的音波，若是震幅趨緩，波長就會拉大，所以我們在車子裡也聽得清清楚楚。

冥歌很規律，沒什麼起伏，似乎有安定心靈的效果。唱個沒完也是真的。

死者除了臉部之外，全身被白色的布層層裹著，安靜聆聽家屬為他哼唱的送別曲。

我瞇起眼睛，但無法分辨死者是男是女。

「他們不曉得已經唱了多久，一般來說，若喪禮是以吟唱進行的話，家屬都要唱個十幾個小時。」Jim說。

「我們來的時候沒看見他們，也許他們才剛開始不久。」我說。

「要不要付點錢，請他們唱快點？」Jim問，應該是開玩笑。

「免了，別鬧了。」我鄭重其事。

打擾死者，絕對是「發生鬼故事」的十大原因之一。

根據民明書坊在去年修訂再版的《見鬼，你不可不知道的幾種方法》[6]一書裡，如果你想要看到鬼或被鬼看到，不分名次的十大方法如下：

（1）不幸殺到容易變鬼的人。但什麼樣的人死後容易變鬼則眾說紛紜，曾經有國科會研究專題研究此一題目，但研究團隊因不明原因遭到政府高層強力干預，並停止補助，最後不了了之，十分遺憾。

（2）跟朋友亂打賭。英國南部的齊格爾村百年來流傳著一句諺語：「賭徒若壞到跟朋友打賭，不見鬼也難啊！」果然有道理。

（3）玩麻將蠻不在乎地打出四西風流局、或是打出邪門的「一筒歸西」。

（4）在午夜零時零分，於鏡子前將自己用榔頭打成豬頭❼。

❻本書一推出即造成日本轟動，更傳說有命相師按照書中所提的方法一一嘗試，結果見鬼發瘋而死，更是當時著名的社會事件，本書初版就賣了七十二刷，後來每次改版都蔚為風潮，因為時代歷經變遷，見鬼的方式也不斷推陳出新。

❼榔頭最好使用特殊強化過的原子牌CKU第二型（Can Kill You），保證在最短時間內敲爆自己，否則七天內全額退費。

（5）跟好朋友借一大筆錢，然後第二天一起吃飯時裝傻說：「啊？有嗎？你不會在開我玩笑吧！」

（6）偷老闆的二奶、甚至三奶。高獲利當然伴隨著高風險。

（7）在四分鐘之內，連續看四個醜得心驚肉跳的AV女優，連續打四次槍。這種情況不是看到鬼就是變成鬼，畢竟四是不吉利的數字。

（8）打擾死者。打擾死者的方式包羅萬象，一般人即使沒有事先準備，不需要特別的創意也可做得很好。若你對打擾死者一事認真起來，打算成為此道的佼佼者，請詳閱惹火死者的高手宮本喜四郎在明治時代的名著《喂！醒醒！》❽。

（9）夜裡騎著家裡的小五十，跟馬路上的飆車青年寒暄：「喂！大半夜的吵死人了！學測不是快到了嗎！」別忘了面帶微笑。

（10）在KTV跟朋友慶生，聽到隔壁包廂傳出槍響時，去敲門瞧瞧發生了什麼事，有什麼是自己能幫得上忙的（例如幫忙棄屍、幫忙接子彈、幫忙打電話揩人）。

洋洋灑灑列出見鬼的十大必幹之事，並不是表示我曾仔細研究如何見鬼，而是時時提醒自己不要犯禁。所以我不想打擾死者，抱歉。

我們坐在車上，靜靜地觀察不斷吟唱的喪禮進行，有種念天地之悠悠，獨愴然而涕下的氣氛。

我想起了在彰化民生國小念低年級時，常常在溜滑梯上跟喜歡的女孩兒一起吃甜筒的往事。

不曉得住在陰矮的小房間裡、賣甜筒的老婆婆是不是死掉了？

「我爸爸過世的時候，是我這輩子最難過的時間。」

Jim 突然開口。他也感受到了喪禮的哀傷氣氛。

小妹不斷點頭，表示同意。

---

❽因為內容極度妨害善良風俗，經過害怕死後遭到騷擾的大眾嚴正抗議，本書在世界各國都是極難求得的禁書，但網路上已可尋找到完整的版本。請愛用 Google。

「嗯，為你難過。」我拍拍 Jim 的肩膀。

「不，你誤會我的意思了。因為我爸爸的姓氏是阿圖奇，掌管阿圖奇姓氏的精靈是西風之子特古奇拉，所以我們不得不吃了我爸爸。」Jim 的雙手緊緊抓著頭皮，又是這個理由！

「幹！吃了你爸？」我的背好像緊貼著車門。

簡直令人匪夷所思。

「沒辦法，我們也不願意。我們共吃了一個多月，吃到最後大家都吐了。」Jim 感嘆：「因為媽媽不是跟我們同一個姓氏，所以可以不必吃爸爸，那時每天看媽媽吃別的東西，弟弟妹妹都吵著要跟媽媽姓。」

我呆呆看著 Jim 小妹，她吐吐舌頭。

「幸好後來吃完了。」Jim 痛苦地笑著。

「一定得吃嗎？」我還是無法接受。

「規矩就是規矩。如果規矩可以依照我們的意願隨意更改的話，規矩就一點意義也沒有了。」Jim 富有哲理地說完。

的確如此。

我尊重每個想要恪守原則的硬漢。

「你爸爸……」我開口，然後又閉嘴了。

我本來想問他們是怎麼吃掉他的爸爸。清蒸？油炸？燒烤？是整個屍體吃？還是切成一塊塊吃？誰吃得最多？那條東西也有吃掉嗎？

雖然我異常好奇，身為作家也必須保持濃烈的好奇心，不過誰都知道這是個殘酷的問題。

我寧願不知道答案。

「我們回去吧。」我提議。

Jim點點頭，發動油門，離開了充滿包皮、肥豬、安魂歌回憶的奇妙村落。

我實在畏懼不可得知的習俗。

萬一那些死者家屬唱完歌後，因為他們姓氏被某某頑皮精靈掌管的關係，必須切割死者屍身分享觀禮賓客的話，那樣我就很失禮了。

17

釣隻水鬼吧！ Jim ！

Fishing
for Monsters Squatting
the Gambian Rivers

為維護兒童及少年身心健全發展，依據出版品及錄影節目帶分級辦法第五條規定：

出版品之內容有下列情形之一，有害兒童及少年身心健康者，列為限制級，未滿十八歲之人不得閱聽：

一、「過當」描述賭博、吸毒、搶劫、竊盜、綁架、殺人或其他犯罪行為者。

二、「過當」描述自殺過程者。

三、有恐怖、血腥、殘暴、變態等情節且表現方式強烈，一般成人尚可接受者。

四、以言語、文字、對白、聲音、圖畫、攝影描繪性行為、淫穢情節或裸露人體性器官，尚不致引起一般成年人羞恥或厭惡感者。

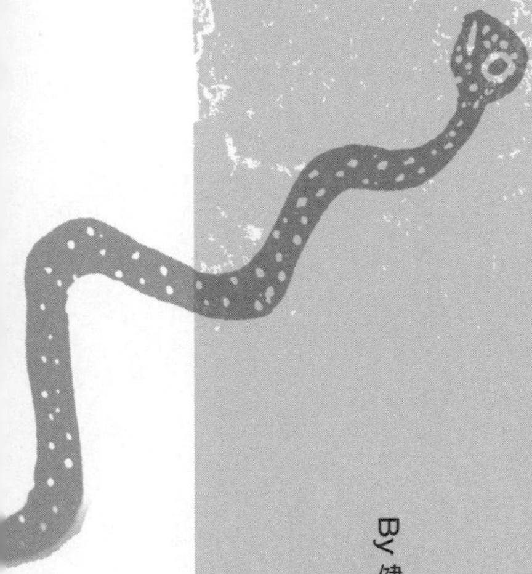

By 健康有為、形象良好的台灣政府官員暨立法委員

（出版品分類辦法開始實施，2004）

上完了人類學五大儀式課程後，我也快回台灣了。

拍了很多照片，經歷了不少荒唐事，交了一個好朋友，可謂不虛此行。

不過有件很重要的事，我在甘比亞還沒做。

那事非幹不可。

我寫了一系列的短篇故事，叫哈棒傳奇，裡頭有個頂著鳥窩頭的高中生就叫哈棒，哈棒老大可了不起，是那種看他什麼時候有空，就可以什麼時候統治世界的那種狠角色。哈棒老大有項有錢人也玩不起的休閒娛樂，叫釣水鬼。

「釣水鬼？」Jim小妹聽得一愣一愣的。

「是的，在台灣，我們會釣水鬼來祈福。」我微笑，笑得很燦爛。

黃昏，我們三人一雞，坐在河邊抽菸草、看人家洗澡。

「什麼是水鬼？是水的精靈嗎？」Jim歪著頭。

「不是精靈，是一種人死後變成的鬼魂，在水裡溺死的話，人就會變成水鬼，住在水底下。Water Ghost, get it?」我解釋，陰風陣陣從河面捲來。

「祖靈？」Jim還是不感到害怕。

笨蛋！笨蛋！不要逼我到極限！

「有一點像。不過水鬼很兇，他們躲在水底下跑來跑去，如果有人在河裡游水，他們就會抓住他！嗚～～～嗚～～～～～」我模仿著台灣鬼片裡的女鬼低吟聲。

Jim跟小妹皺起了眉頭，但不是害怕，而是完全不曉得我配這種音要幹嘛。

「抓到後呢？」Jim勉強問道。

「他們會把人淹死，然後死去的人也會變成水鬼。」我冷笑，又是一陣嗚嗚嗚嗚。

「這樣有什麼好處？」Jim繼續問，腳踢著水。

「那麼之前的水鬼就可以變成人，回到陸地上，不必再住在陰陰冷冷的水底下，水底下的世界很不好過，只有魚，還有爛泥巴，還有其他醜得

要死的水鬼，這種地方你住不住？不住嘛！所以水鬼都急著要拉人入水，好代替他。」我說，凝視著水面，幽幽地嘆了一口氣。

我想氣氛已經夠了。

「甘比亞也有水鬼嗎？」Jim 疑惑。

「這條河難道沒有人淹死過？」我深深說道。

「……」Jim 難以辯駁，小妹則開始不安。

香吉士啄著岸邊的沙石，抬頭，低頭，抬頭，然後凝視水面。好雞！

「那……那我們要釣水鬼？」Jim 支支吾吾的。

「是的。」我站了起來，拍拍屁股。

「釣……來做什麼？」Jim 顯得侷促，不太情願。

我本來想回「賣給王國的媽媽」，就像哈棒老大一樣。

「難道你們都不想看看水鬼長什麼樣子？」我神祕地說：「很恐怖的，上回我看了一次，從此閉上眼睛就會發抖，惡夢一個接一個……」

「哇～～～～」

是的，小妹哭了起來。

「你用說的就行了，用不著真的把水鬼釣起來啊！」Jim 趕緊說，拍拍小妹的胸口：「要不，用畫的也行。」

「那多不好玩。」我聳聳肩：「在台灣，釣水鬼很刺激的。」

「怎麼個釣法？用魚線？魚網？還是用簍子？」Jim 看起來有些昏了。

「用人。」我用字簡潔有力。

「哇～～～～」

是的，小妹又哭了起來。

「在台灣，我們用鐵鍊將一個人圈住，綁緊，然後將他投進水裡，當餌。水鬼一看到他就會游過來、抓住他的腳，讓他沒辦法踢水、游泳，而其他人一看到餌快溺死了，就知道水鬼上鉤啦！」我繪聲繪影、比手劃腳：「這時大家就拚命把他拉上岸，運氣好就可以釣到水鬼！」

「不可能！不可能！」Jim 慌忙搖搖頭。

「是真的。」我篤定不已：「我跟我朋友就釣到過一隻，嗚嗚嗚嗚嗚嗚～～」

「水鬼不會逃走嗎？怎麼可能被釣上岸？」Jim 開始抵抗了，他知道如果身為老闆的我硬要釣水鬼，當餌的絕不會是我自己。而是他。

「這就要靠當餌的人的勇氣了。」我語重心長地拍拍 Jim 的肩膀，說：「上次我們下水當餌的人，拿了一把刀子插進水鬼的脖子，硬是把水鬼拖上岸。」

「這……」Jim 的眼睛已經失了焦。

「如果當餌的人不幸溺死了，其他人也可以等待，等到溺死的人直接變成水鬼後，還可以不費吹灰之力直接用鐵鍊將水鬼拖上岸，大功告成！」我面露喜色。

Jim 看起來很苦惱，將臉埋進雙手裡。

「我不想釣。」Jim 搖搖頭，不敢看著我。

「可以看見水鬼耶！」我蹲下，摸摸凝視水面的香吉士。

「看到水鬼沒什麼好……實在是沒什麼好……」Jim 痛苦地說，雙手捧面。

「賣給你們村裡的巫師，可以賣不少錢吧？到時候我們兩個對分，怎麼樣？」我嘿嘿嘿。

「我不知道……我不知道……今天一定得釣嗎？」Jim 頹喪。

「明天我就要回台灣了，今天不釣，要什麼時候釣？」我的手撩撥著水面，說：「黃昏時釣水鬼再好不過，既有即將入夜的陰冷，視線卻沒有入夜的差，一見到餌呼救，就可以第一時間將水鬼釣起來。」做了一個釣起水鬼的沉重手勢。

Jim 無言，小妹到後來已經沒有哥哥的第二層翻譯，眼中只剩下茫然，但即使天真如她也預見大事不妙。

看來我的計謀已經得逞。

既然有嚇到，我也不必逼人太甚。

「Jim 你會不會游泳？」我問。

「會一點點。」Jim 抬起頭來，眼神已經完全散亂。明明昨天問 Jim，

他說他是水中蛟龍，還興沖沖說他知道哪個海邊常有觀光客在那邊玩浮潛，想開一整天車帶我去。

如果有什麼字刻在他的臉上，我想，那一定是個「死」字。

「跟你說一個故事。」我笑笑，又蹲了下來。

從小我最討厭做勞作。

美術課可以幹很多事情，老師若要全班畫畫，我會高興得不得了，每個成長階段、每個班級，我都是班上畫圖最行的那一個，興致一來還會幫其他同學構圖打草稿，大家都排隊等我幫他們畫，我畫完了，他們光著色就行。後來我國中考上了美術班，還跟哈棒老大同一所學校。

不過我最痛恨美術課上勞作，還不如拿去考試，或整節課老師都拿來打手心都好些。那是一種憎恨！我一直認為勞作課會折煞英才。如果要我寫一篇關於勞作的長篇小說，我可以洋洋灑灑寫下十五萬字，每一個字都是「幹」，幹幹幹幹幹幹幹幹！什麼紙黏土、什麼燈籠、什麼剪紙、版畫，甚至用吸管蓋房子，我通通做不好，也完全沒心思做，常常胡亂造個東西就交差了事，分數低我也不在乎。

我國小五年級時，有一堂美術課又給我上勞作，而且還是高難度的造風箏。

「風箏？懂嗎？」我問，指著天空。

「嗯，我看外交官的小朋友放過。」Jim說，臉色依舊悽苦。

造風箏？造你娘個大雞巴。

我用竹子瞎湊了個不規則四方形，紙糊一糊就交給老師，速度全班第一，只花了十分鐘不到。

但老師這次不買帳，說不能飛上去的東西別拿去給她打分數，浪費彼此生命。

我怒極，立刻蒐集全班用剩的竹子，趴在教室後面的地板上瘋狂拼湊，

還用上鐵鎚跟強力膠，最後我將貼在教室後面的壁報扯下，用釘書機一塊塊釘在竹子骨上，兩節課過後，超級豪邁的巨大風箏完成！

一堆小朋友在偌大的操場上等著看我的笑話。

能飛嗎？老師說，不能飛就沒有分數。

我吼回去，它不只能飛！還可以載人咧！

老師不信，還給我冷笑，那個冷笑堪稱是影響我人生的十大冷笑之首。

我氣不過，立刻叫班長給我過來，我用風箏線仔細綁在他的脖子上，然後要他開始跑，不斷地跑，最後穩能飛上去。

「真的假的？這風箏好大！」班長面露鄙夷。

「林俊宏，想飛就飛！跟我還客氣什麼！」我說，拍拍班長的屁股。

那時一陣風吹了過來，我瞇起眼睛，那風很豪爽，也很難忘。

「結果呢？」Jim 聽得入神。

「林俊宏飛走了。」我揉著眼睛。

「飛走了？被風箏？」Jim 瞪大眼睛。

「風箏真的很可怕，那東西肯定不是人類發明的。世事難料，對人要更好。」我鼻酸，說：「後來我上了高中，才從朋友的朋友口中得知，林俊宏在我們國三那年才在義大利南部著陸，身上奇臭無比，畢竟五年多沒有洗澡了，真不曉得他在半空中都吃什麼、過什麼樣的生活。」

我的語氣充滿悔恨，Jim 則是搖搖欲墜，顯然開始懷疑自己的英文聽力。

「然後呢？」Jim 已經分不出我到底在胡說八道些什麼。

「後來我發誓，我一定不再犯相同的錯誤。」我堅決不已。

「不再放風箏？」Jim 愣愣地說。

「幹，不是。」我搖搖頭：「我發誓，不再失去任何一個朋友。Jim，你放心，就算釣不到水鬼，我也不會用你當餌的。」

Jim 驚喜交集，全身都在發抖。

「我們去幹幾個稻草人，讓它們當餌，我施咒，說不定水鬼還以為是真人呢！不過稻草人不能在瞬間抓住水鬼，這點倒是有些遺憾。」我微笑，

Jim差點沒狂喜得打滾。

後來我們果真去果子園裡偷偷幹了兩頭稻草人，我喃喃亂唸咒一番，便用麻繩綁好稻草人，我一頭，Jim一頭，兩個人坐在岸邊嘻嘻哈哈地釣水鬼，小妹則不知所以然地在一旁遛香吉士，哼著小曲兒，還幫我們烤魚。

最後，我們當然沒有釣到半隻水鬼。

不過那天晚上，香吉士在河邊下了我們邂逅以來，第一顆蛋。

那顆蛋讓我想起國小四年級養了一顆蛋的種種，當然，那又是一段囉哩囉唆的故事了。

18

再見了，乾妹妹！

Fishing
for Monsters Squatting
the Gambian Rivers

所謂的真實，
不過就是觀看這世界的一個視窗。
而且通常還不是最好的一個。

By 雪莉．特克
（美國網路文化研究者）

隔天就要啟程回台灣，Jim陪著我釣水鬼到深夜才驅車離去，情深義重。

小妹尤其戀戀不捨。Jim走後，小妹幫我洗完衣服，為我做了頓豆子渣米飯，然後我們相擁而眠，身上的跳蚤不斷地跳來跳去。

輕輕抱著她，我唱著台灣的流行歌曲，小妹起先很樂，但後來聽著聽著就睡著了。

小妹這個年紀的女孩子，生命發生的趣事特別的多、特別的頻繁，我想過沒多久小妹就會忘記我這東方面孔的輪廓，我也不覺得漸漸熟睡的她會記住我現在唱的〈牽掛〉、〈無情的情書〉，或是〈十年〉。但記得了幾天就是幾天，人與人之間的相處要美好就是如此簡單。

身為一隻作家的雞，香吉士顯得頗有個性。牠不發一語，在地上走了大半夜，偶爾啄食從床落下的跳蚤。

而水盆裡的水蛭挺耐活。牠這幾天不吃生牛肉塊上的血（因為血已經凝固），也不吃螺，身體一天天縮小，但就是不死，等待著我對牠生命做進一步的安排，或是等待我發現我跟牠之間究竟產生了什麼樣奇妙的聯繫。

天一亮，我將原本就很簡單的行李收拾好，坐在屋簷下等待傑米森跟老師過來找我。昨晚我太晚回來了，但老師竟然徹夜不歸，比我還猛，現在不曉得要睡到幾點。

我拄著臉，打了個呵欠。

香吉士斜躺在地上，用奇怪的姿勢睡回籠覺。

身為一隻作家的雞，香吉士還是沒有啼，保證是隻價值連城、毫無時間觀念跟責任感的雞。

「你好樣的，小心別給人家吃了，有危險就逃。」我瞪著香吉士：「逃到台灣，我保你一輩子。」

在我收拾行李的期間，小妹替我做了早餐。

是昨天香吉士下的那粒蛋，淋上剁碎的生羊腸，然後撒上鹽跟胡椒。

甘比亞傳統餞別食品，駭人聽聞。

我們一起吃了，還真是津津有味。

「香吉士就送給妳吧，謝謝妳，乾妹妹。」我笑笑，比手劃腳。

小妹又驚又喜，抱著香吉士跳來跳去。

如果她能理解「乾妹妹」是什麼意思，我想她一定會更高興的吧。

Jim 來了，同樣開著那輛破爛汽車。

我付了他應得的薪資，還多給了三天汽車的租金跟油錢。

「開車載你弟弟妹妹去玩吧，休息幾天不工作也是挺好。」我抱著 Jim，他哭了。

雖然你比我高兩個頭，但你終究還是個十七歲的孩子啊 Jim，別太急著長大，即使你已經吃掉了你爸爸。

我拍拍 Jim 的背，偷偷擦掉了眼淚。

傑米森開了廂型車過來，老師已坐在車上。

「九把刀，跟你的朋友們說再見了。」老師疲憊地說，抽著菸。

老師的臉上彩畫著藍色的圖騰，一臉睡眼惺忪。

妳也玩得很起勁嘛！

「嗯，甘比亞再見！甘比亞再見！」我大笑，再次擁抱了Jim跟小妹，然後偷偷踢了香吉士一下。

香吉士啼了。

車也開了。

Jim在原地用力揮手、跳躍，而小妹終於號啕大哭。

我打開車窗，拚命深呼吸。

將甘比亞趣味盎然、活力十足的空氣通通吸到身體裡，從此不分不離。

「九把刀，我睡一下，到機場時再叫我起來。」老師說，含著菸就這麼睡了。

後來上了飛機我才知道，老師昨晚到一個偏遠部落，拿起粗製濫造的步槍，跟著當地的民兵組織打了一晚的獵。教我好生羨慕。

老師睡了，傑米森也睡了，只有一個僕役醒著，因為他開車。

我莞爾，拿出預先盛滿清水的竹筒，打開，輕輕捏著竹筒裡頭水蛭那虛弱、縮小的身體，小心翼翼地放在傑米森肥肥脖子後的衣領裡。

水蛭身子一緊，瞬間咬住傑米森的脖子。

傑米森忙著打呼，渾然不覺。

據說水蛭吸飽了，吸到快爆炸了，就會自動脫落，滿肚子的血足以讓牠存活十幾天。

我想，這就是為什麼這隻水蛭會遇上我，被我抓起來豢養的原因。

當時不解，只是時機未到。

「加油，你也要好好活下去。」我哼著歌，將頭探出車窗。

飛往西雅圖的飛機上，老師打開筆記型電腦，聚精會神地記錄這趟旅行的一切，將數位相機裡的照片傳到電腦裡編號存檔，臉上的彩繪也在海關要求下洗掉，恢復專業研究者的架式。

甘比亞共和國
REPUBLI
THE GAM

我吃著飛機上久違的冷凍漢堡，在一旁看著老師這些天拍的相片，包括她昨晚獵到的樹懶、全村倒立行走一整天的倒立慶典、住在巨大魚籠裡十年的偷竊犯，當然還包括那個令人肅然起敬的忍耐王阿忠。琳琅滿目，不輸給任何一個死日本觀光客。

「原來在甘比亞能遇到的新鮮事真多，被錯過的趣事也是一樣多。」我下了註解，把玩著手上的物事。

「嗯。」老師點點頭，看著我，然後疑惑地注視我手中的東西。

「那是什麼？」老師問，本能地皺起眉頭。

「是一塊珍藏四十多年的老包皮。」我說，遞了過去。

一秒後，飛機上所有正在打盹的人都醒了，空姐全跑過來，我也差點聾了耳朵。

我想，這就是甘比亞的浪漫吧。

浪漫到，一個根本沒有到過甘比亞的我，還能夠掰出這麼浪漫的遊記。

2 **Fishing**
1 **for Monsters Squatting**
3 **the Gambian Rivers**

End

G大的浪漫

Fishing
for Monsters Squatting
the Gambian Rivers

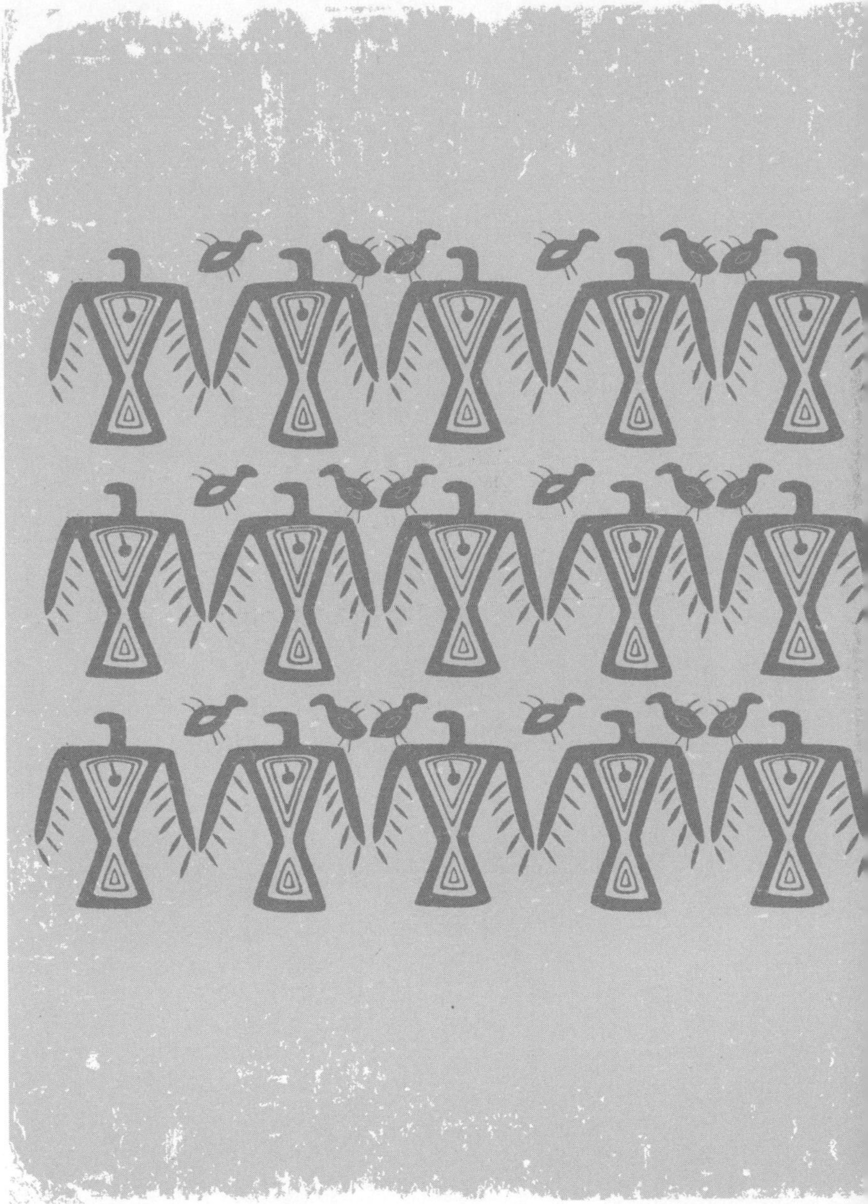

是該好好解釋一番了。

秀才不出門，能知天下事。

假的。

坐在電腦前，連上網路，一個人儘管屁股跟椅子黏得牢牢的，還是可以輕易透過 Google 查到各式各樣詳盡的資料，了解這個世界正如何運作。了解美國有多少大頭兵在伊拉克整天瞎忙著虐待囚犯，了解電影《蜘蛛人2》如何打破北美票房紀錄，了解總統大選全面驗票的最新進度。甚至透過網路資訊、旅遊雜誌、作家遊記，做一場感同身受的旅遊。用「了解」取代了「觸摸」，用「彷彿身歷其境」取代了「身歷其境」。

這是個虛虛實實、幻幻真真的世界。

寫下這本書，並不是想來個劃時代的唬爛，讓網路研究者在書寫論文時可以記錄下一筆：「某知名網路作家利用網路收集大量資訊，編造了到非洲小國一遊的過程，這個現象讓我們得知網路資訊的方便性，並體現了後現代主義的主體去中心化……」所以我完全不倚賴過溢的資訊，我靠的是拔掉煞車的「純幻覺」。

純粹的幻覺不見得輸給了「到此一遊」，更遠勝認真吸收資訊後綁手綁腳的欺騙。只要你跟對了嚮導，一個瘋狂想像的嚮導。

於是我寫下了甘比亞遊記，題名「在甘比亞釣水鬼的男人」。

一方面，我恣意想像一旦踏上非洲大陸所能遇到的荒誕趣事，讓自己在虛構的遊記裡邁開大步，體驗不曾體驗的體驗，讓自己比親身旅遊的人更快樂。只因為想像是沒有時速限制的。我時常在想，一個人寫了遊記，若首要目的是為了讓讀者快樂，未免也太不倫不類，我寫遊記當然得先讓自己笑得開懷，開懷到好像真的到過該地一遊的那種程度。

另一方面，念了三年東海社會學研究所、當過一年人類學助教的我，也隨興採用人類學與社會學的知識與見解，拼湊出甘比亞部落的信仰體系與儀式進行，期間我未曾考證甘比亞的面積、人口、地理環境、國情、機票錢、航機時程等一個正常人要鬼扯前總會想辦法得知的、唾手可得的資訊，只是用有底子的知識。我掰，但可不瞎。

這是一項挑戰，不艱辛，有趣。

尤其這篇遊記首發在網路上，還受到許多小說讀者歡迎，在大家哈哈大笑之餘，沒人懷疑過真實性，讓我每每在電腦前捧腹不已。我曉得這些讀者們知道真相後不會生氣，還會說「啊！這果然是G大的浪漫啊！」敬你們大家一杯。

然而儘管遊記是幻，但我的情感一直很真，而且專注而澎湃，就如同我對待每一部小說裡的主人翁一樣。我想像，更灌注以我靈魂的一部分。所以寫到遊記最後，與Jim和小妹、香吉士分離時，我在星巴克裡久久無法言語。

你說我從未遇到過他們？我說，我甚至跟他們分了手。

但不管幻覺有多麼真實，幻覺始終不及真實來得親切，況且將自己困鎖在十五吋大的發光板子前，久了會得近視，還可能得痔瘡，有機會我們還是將屁股抖一抖，到外頭呼吸一下不含戴奧辛的清新空氣。

也許有一天，我終會揹起行囊踏上非洲大陸。

也許我還會在市場買了隻雞，牽著。

也許我會真的割掉某人的包皮。如果我有這個榮幸的話。

也許我會發現，那裡早有釣水鬼的習俗，毫不稀奇。

非洲光用想像的就如此夢幻神奇，何況是親自與她邂逅？

別小看了這塊不可思議的土地，她撩人心魄的空氣已經透過此書，在我們的胸口跳起舞來，一踏一踏，一踏一踏……

The End

Fishing for Monsters Squatting the Gambian Rivers

在甘比亞釣水鬼的男人

國家圖書館出版品預行編目資料

在甘比亞釣水鬼的男人／九把刀著；一二版.一
臺北市：春天出版國際,2012.05
ISBN 978-986-6000-19-5（平裝）

857.7　　　　101004928

九把刀電影院 01
在甘比亞釣水鬼的男人

作　　者 ◎ 九把刀
作家經紀／活動洽詢 ◎ 群星瑞智藝能有限公司（02-55565900）
總 編 輯 ◎ 莊宜勳
主　　編 ◎ 鍾靈
內頁插圖 ◎ Blaze Wu
封面設計 ◎ 克里斯
排　　版 ◎ 三石設計

出 版 者 ◎ 春天出版國際文化有限公司
地　　址 ◎ 台北市忠孝東路四段303號4樓之一
電　　話 ◎ 02-2721-9302
傳　　真 ◎ 02-2721-9674
E－mail ◎ frank.spring@msa.hinet.net
網　　址 ◎ http://www.bookspring.com.tw
部 落 格 ◎ http://blog.pixnet.net/bookspring
郵政帳號 ◎ 19705538
戶　　名 ◎ 春天出版國際文化有限公司
法律顧問 ◎ 蕭顯忠律師事務所
出版日期 ◎ 二〇一二年五月初版二刷
定　　價 ◎ 220元

總 經 銷 ◎ 楨德圖書事業有限公司
地　　址 ◎ 台北縣新店市復興路45號3樓
電　　話 ◎ 02-2219-2839
傳　　真 ◎ 02-8667-2510

版權所有．翻印必究
本書如有缺頁破損，敬請寄回更換，謝謝。

ISBN 978-986-6000-19-5
Printed in Taiwan

S P R I N G

每一本好書都是一顆種子，
春天播種在你的心田夢土上。

S P R I N G

每一本好書都是一顆種子，
春天播種在你的心田夢土上。

Spring

S P R I N G

每一本好書都是一顆種子，
春天播種在你的心田夢土上。

Spring

S P R I N G

每一本好書都是一顆種子，
春天播種在你的心田夢土上。